Der ewige Krieg 3

Index

Text: Joe Haldeman Zeichnung: Marvano

CARLSEN VERLAG

Der gleichnamige Roman von Joe Haldeman ist als Heyne-Taschenbuch erschienen

Gedruckt auf chlorfrei gebleichtem Papier

CARLSEN COMICS
Lektorat: Andreas C. Knigge, Uta Schmid-Burgk, Marcel Le Comte
2. Auflage 8.–9. Tsd. Juli 1994

Aus dem Französischen von Uta Schmid-Burgk
LA GUERRE ETERNELLE

Lettering: Monika Weimer
Druck und buchbinderische Verarbeitung:
Stiewe GmbH Berlin

ISBN 3-551-72293-5
Printed in Germany

FZ RECORD
WOLLEN SIE WISSEN, WER SCIPIO EMILIUS WAR?
ICH NICHT...
EINER DER BRILLANTEN KÖPFE IM DRITTEN PUNISCHEN KRIEG...
"IM KRIEG REGIERT DIE GEFAHR, UND DAHER IST MUT DIE WICHTIGSTE EIGENSCHAFT DES SOLDATEN"...
... BEHAUPTETE CLAUSEWITZ...
NOCH EINE STILBLÜTE: "DIE AVANTGARDE GEHT DER KOLONNE VORAN. DIE KOMMANDO-ABTEILUNG FOLGT EINEM LASERTRUPP UND WIRD IHRERSEITS GEFOLGT VON DER SCHWEREN ARTILLERIE UND DEN RESTLICHEN LASERTRUPPEN"...

"DIE AUFMERKSAME BEOBACHTUNG SICHERT DEN SCHUTZ DER FLANKEN"...
WIR GEHEN JETZT ZUM **ELBS**-UNTERRICHT ÜBER, MAJOR MANDELLA...
III 2A
"ES SEI DENN, DER ZUSTAND DES GELÄNDES UND DIE SICHT-BEDINGUNGEN MACHEN SUCHTRUPPS ERFORDERLICH"...
UND SO WEITER.
MANDELLA
DIESE ZITATE SIND DEM **"HANDBUCH FÜR DIE KOMMANDIE-RENDEN DER MOBILEN EINHEITEN"** ENTNOMMEN ...
WENN SIE EIN WIRKLICHER EXPERTE AUF EINEM GEBIET WERDEN WOLLEN, DAS SIE ANWIDERT, NEHMEN SIE AM UNTERRICHT DER OFFIZIERE DER AUFKLÄRUNGSARMEE DER VEREINIGTEN NATIONEN TEIL.
III 2B

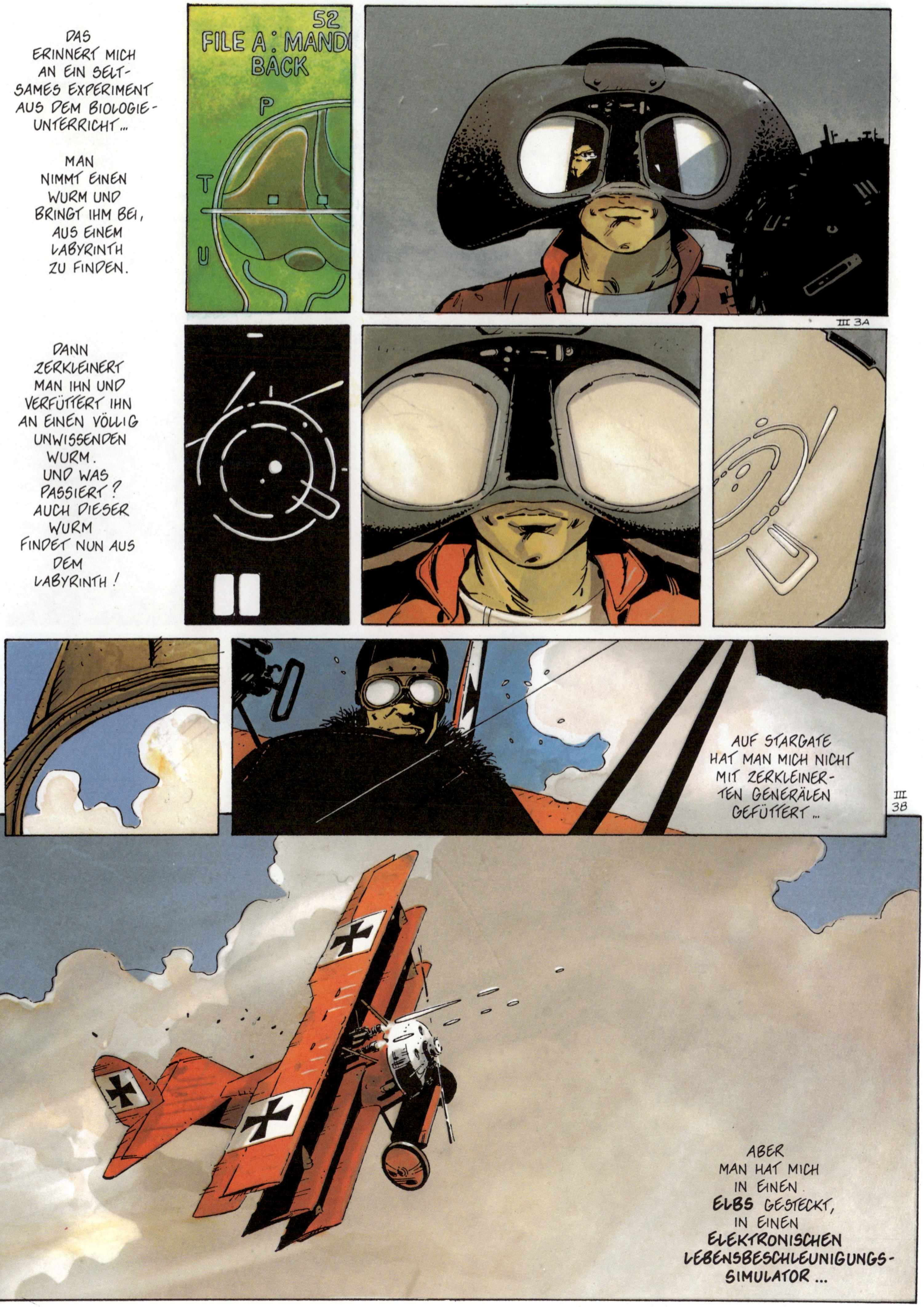
DAS ERINNERT MICH AN EIN SELTSAMES EXPERIMENT AUS DEM BIOLOGIE-UNTERRICHT...
MAN NIMMT EINEN WURM UND BRINGT IHM BEI, AUS EINEM LABYRINTH ZU FINDEN.
52
FILE A: MANDI
BACK
P
T
U
III 3A
DANN ZERKLEINERT MAN IHN UND VERFÜTTERT IHN AN EINEN VÖLLIG UNWISSENDEN WURM. UND WAS PASSIERT? AUCH DIESER WURM FINDET NUN AUS DEM LABYRINTH!
AUF STARGATE HAT MAN MICH NICHT MIT ZERKLEINERTEN GENERÄLEN GEFÜTTERT...
III 3B
ABER MAN HAT MICH IN EINEN **ELBS** GESTECKT, IN EINEN **ELEKTRONISCHEN LEBENSBESCHLEUNIGUNGS-SIMULATOR...**

DER ELBS HAT MICH DIE KRIEGSKUNST
-MAN VERZEIHE MIR DIESEN AUSDRUCK- GELEHRT,
WIE SIE VON HUNDERTEN VON GENERATIONEN
PRAKTIZIERT WURDE.

EINE
AUSBILDUNG
IN THEORIE
UND PRAXIS.

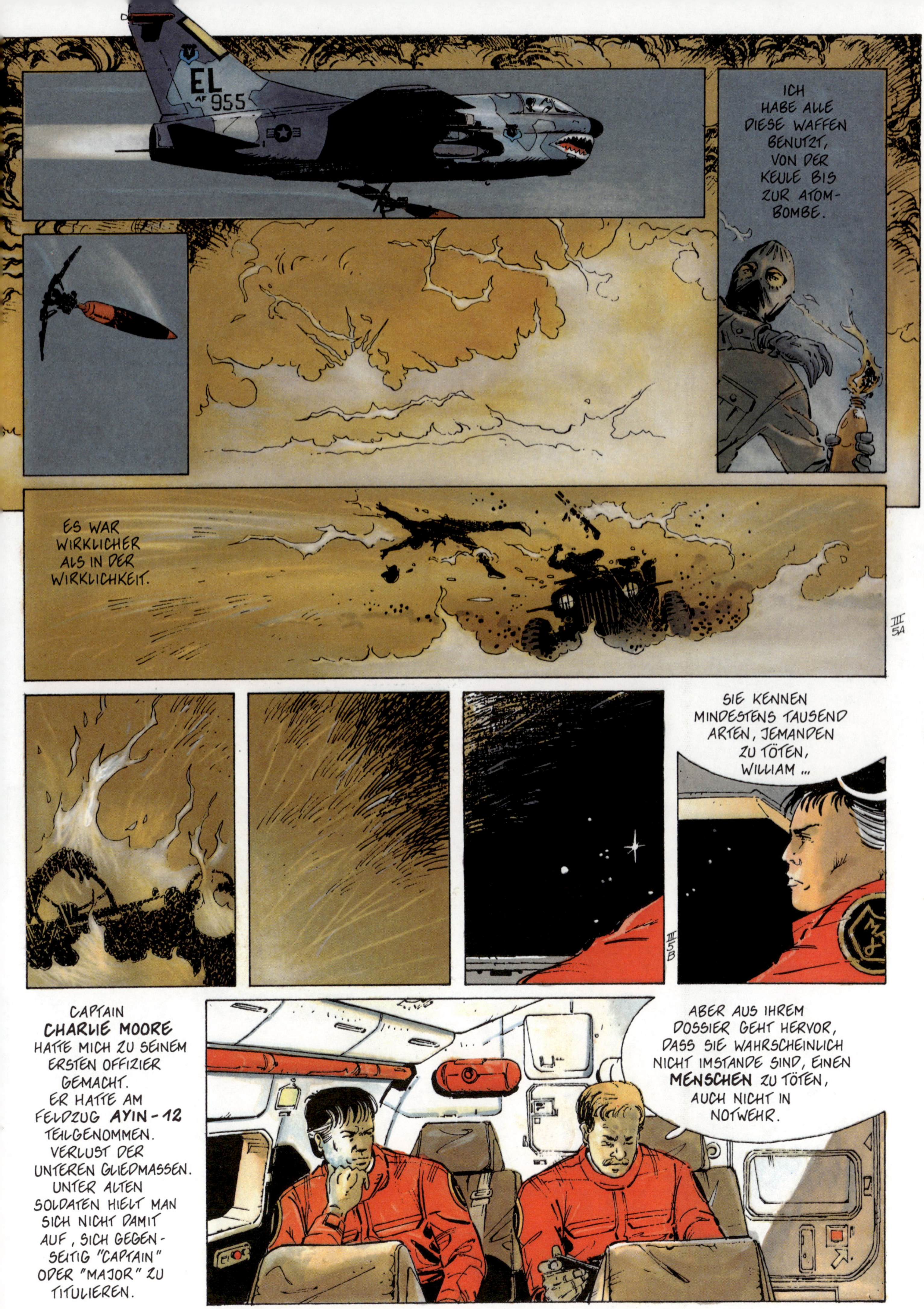

ICH HABE ALLE DIESE WAFFEN BENUTZT, VON DER KEULE BIS ZUR ATOM-BOMBE.
EL
955
ES WAR WIRKLICHER ALS IN DER WIRKLICHKEIT.
III 5A
III 5B
SIE KENNEN MINDESTENS TAUSEND ARTEN, JEMANDEN ZU TÖTEN, WILLIAM ...
CAPTAIN **CHARLIE MOORE** HATTE MICH ZU SEINEM ERSTEN OFFIZIER GEMACHT. ER HATTE AM FELDZUG **AYIN-12** TEILGENOMMEN. VERLUST DER UNTEREN GLIEDMASSEN. UNTER ALTEN SOLDATEN HIELT MAN SICH NICHT DAMIT AUF, SICH GEGEN-SEITIG "CAPTAIN" ODER "MAJOR" ZU TITULIEREN.
ABER AUS IHREM DOSSIER GEHT HERVOR, DASS SIE WAHRSCHEINLICH NICHT IMSTANDE SIND, EINEN **MENSCHEN** ZU TÖTEN, AUCH NICHT IN NOTWEHR.

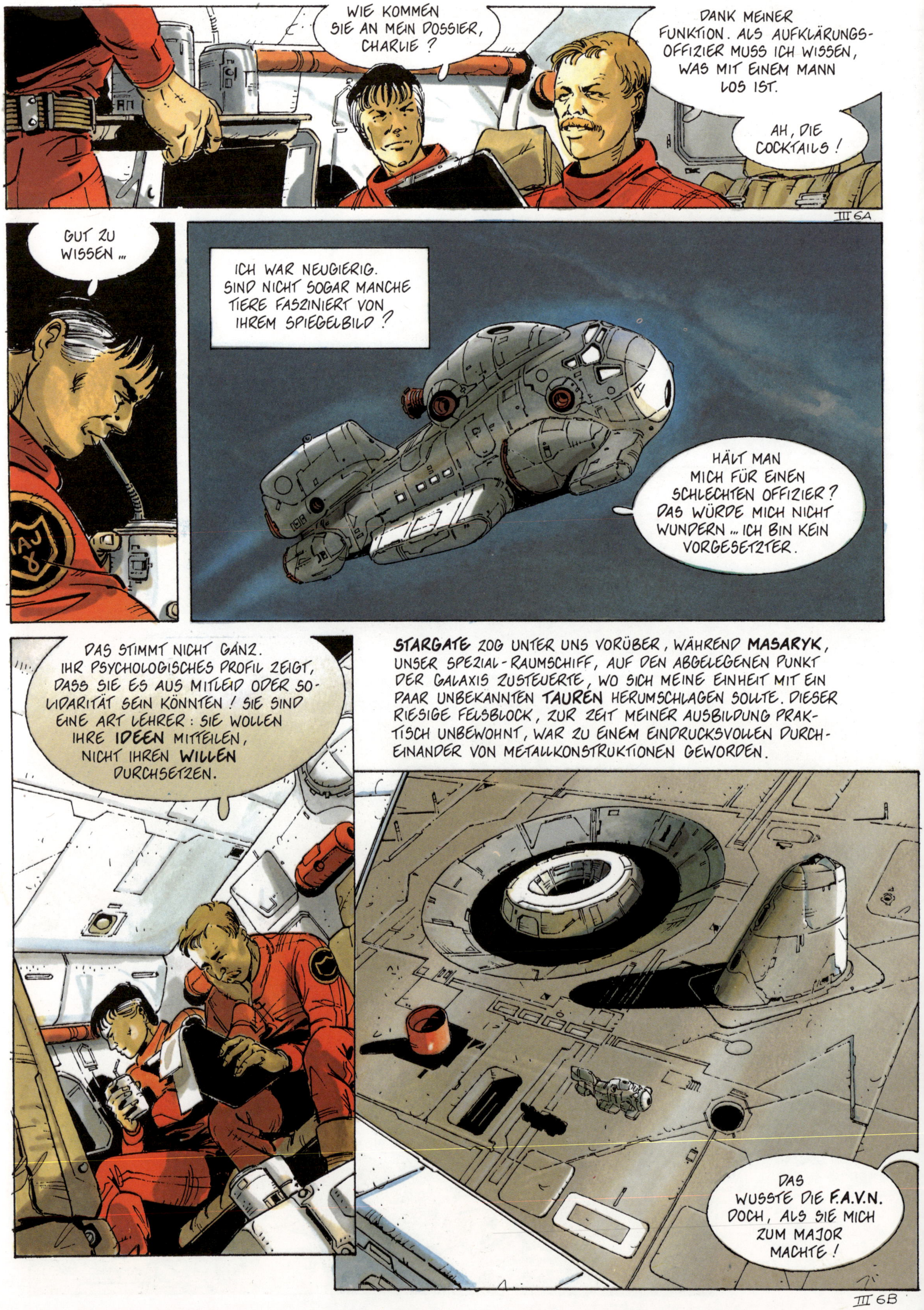
WIE KOMMEN SIE AN MEIN DOSSIER, CHARLIE ?
DANK MEINER FUNKTION. ALS AUFKLÄRUNGS-OFFIZIER MUSS ICH WISSEN, WAS MIT EINEM MANN LOS IST.
AH, DIE COCKTAILS !
III 6A
GUT ZU WISSEN ...
ICH WAR NEUGIERIG. SIND NICHT SOGAR MANCHE TIERE FASZINIERT VON IHREM SPIEGELBILD ?
HÄLT MAN MICH FÜR EINEN SCHLECHTEN OFFIZIER ? DAS WÜRDE MICH NICHT WUNDERN ... ICH BIN KEIN VORGESETZTER.
DAS STIMMT NICHT GANZ. IHR PSYCHOLOGISCHES PROFIL ZEIGT, DASS SIE ES AUS MITLEID ODER SOLIDARITÄT SEIN KÖNNTEN ! SIE SIND EINE ART LEHRER : SIE WOLLEN IHRE **IDEEN** MITTEILEN, NICHT IHREN **WILLEN** DURCHSETZEN.
STARGATE ZOG UNTER UNS VORÜBER, WÄHREND **MASARYK**, UNSER SPEZIAL-RAUMSCHIFF, AUF DEN ABGELEGENEN PUNKT DER GALAXIS ZUSTEUERTE, WO SICH MEINE EINHEIT MIT EIN PAAR UNBEKANNTEN **TAUREN** HERUMSCHLAGEN SOLLTE. DIESER RIESIGE FELSBLOCK, ZUR ZEIT MEINER AUSBILDUNG PRAKTISCH UNBEWOHNT, WAR ZU EINEM EINDRUCKSVOLLEN DURCHEINANDER VON METALLKONSTRUKTIONEN GEWORDEN.
DAS WUSSTE DIE **F.A.V.N.** DOCH, ALS SIE MICH ZUM MAJOR MACHTE !
III 6B

EIN ZEIT-PARADOX, WEGEN DER KOLLAPSAR-SPRÜNGE. ICH HABE NUR AN DREI FELDZÜGEN TEILGE-NOMMEN.
NATÜRLICH, ABER SIE SIND ZU LANGE DABEI, UM SICH IM SCHOSS DER TRUPPE ZU VER-KRIECHEN!
DAS IST MEHR ALS DER DURCHSCHNITT! AUSSERDEM PASSEN SIE SICH SCHNELL AN. SIE HABEN EINEN AUSGEZEICHNETEN ANALYTISCHEN VERSTAND...
... UND SIE GEHÖREN ZU DEN ELF GLÜCKLICHEN, DIE DEN GANZEN KRIEG ÜBER-LEBT HABEN. VIELLEICHT SIND SIE SOGAR DER LETZTE? WER WEISS?
CHARLIE, ICH BIN EIN MITTELMÄSSIGER SOLDAT, DER NUR EINE BE-SONDERHEIT HAT: MAN HAT IMMER AN MIR VORBEIGESCHOSSEN.
GUT. ÄH ... SIE HABEN NOCH EINE BESONDERHEIT, WILLIAM ...
JA, ICH BIN 482 JAHRE ALT!
NOCH ETWAS ANDERES: SIE SIND HETERO-SEXUELL!
NUN, ICH BIN TOLERANT.
JA, DAS GLAUBEN SIE, ABER DER SCHOCK KANN SCHLIMM SEIN FÜR EINEN EINZEL-GÄNGER ...
EINEN MOMENT... WOLLEN SIE DAMIT SAGEN, DASS ... HIER AN BORD ...
... ALLE IN MEINER EINHEIT SCHWUL SIND?

WILLIAM, AUF DER ERDE SIND ALLE HOMOSEXUELL!
BIS AUF EIN PAAR VETERANEN UND EINE HANDVOLL NICHTANGEPASSTER ...
WAS SOLLTE ICH SAGEN ... ?
AHA ...
UND DU, BIST DU AUCH ... ?
ICH ? NEIN ...
ABER ICH BIN AUCH NICHT MEHR HETERO.
MASARYK
VON DEN FÜSSEN BIS ZU DEN HÜFTEN BESTEHE ICH AUS METALL UND PLASTIK ... EIN **SEMI-CYBORG** SOZUSAGEN. UND NICHT NUR ICH ...
ICH DACHTE EINEN MOMENT NACH ...
DA SASS ICH IM JAHR 2471 IN EINEM RAUMSCHIFF UND TRANK EINEN COCKTAIL IN GESELLSCHAFT EINES HALB-MENSCHEN, GESCHLECHTSLOS GEWORDEN DURCH ... DEN TECHNISCHEN FORTSCHRITT!
"VERRÜCKT", HÄTTE MEINE ALTE MUTTER GESAGT ...
... VOR FAST EINEM HALBEN JAHRTAUSEND.

III 8B

SIE GLICHEN SICH ALLE EIN WENIG UND WIRKTEN GENAUSO NORMAL WIE SIE UND ICH.
ACHTUNG! ICH BIN LIEUTENANT HILLEBOE, EUER INSTRUKTIONS-OFFIZIER ...
JARVIS
DAS RESULTAT DER BEVÖLKERUNGS-POLITIK DES GENETISCHEN RATS.
KRIEGER AUS DEM REAGENZ-GLAS ...
GRAUBARD
... GEBOREN OHNE DIE HILFE EINER FRAU, EMPFANGEN IN EINER KÜNSTLICHEN GEBÄRMUTTER ...
FRÜHER ERFÜLLTE EIN SERGEANT DIESE FUNKTION. DIE SPITZE DER F.A.V.N.-HIERARCHIE FIEL IM KURS.
MANDELLA
HILLEBOE
III 9 A
STATISTISCH HATTEN DIE NEUEN REKRUTEN BEI EINEM ZEHNJAHRESVERTRAG EINE ÜBERLEBENS-CHANCE VON ETWA **0,002 PROZENT**... ANDERS AUSGEDRÜCKT, ES WAR WIE BEIM RUSSISCHEN ROULETTE, WO VON SECHS KAMMERN EINES REVOLVERS VIER GELADEN SIND ...
JARVIS
ULANOV
KAYIBANDA
FOX
ZEELAND
KAHN
DE SOLA
WENN DER ABZUG SECHSMAL GEDRÜCKT WIRD, OHNE DASS ETWAS PASSIERT, UND DAS GEHIRN DES SPIELERS NICHT AN DER MAUER HINTER IHM KLEBT, IST ER REIF FÜRS ZIVILLEBEN!
MANDELLA
GLÜCKWUNSCH.
MAJOR MANDELLA WIRD UNS DIE ANWEISUNGEN ERLÄUTERN. MAJOR ...?
MANDELLA
HILLEBOE
III 9 B

ICH HABE EINE GUTE NACHRICHT UND EINE SCHLECHTE.
VOR FÜNFHUNDERT JAHREN WÄRE DAS EIN SCHERZ GEWESEN. JETZT WAR ES EINE FESTSTELLUNG.
WIR FLIEGEN NACH SADE 138. WAHRSCHEINLICH WIRD DORT KEINE SCHLACHT STATTFINDEN, ABER WIR WERDEN EINE HÜBSCHE ZIELSCHEIBE ABGEBEN, WENN WIR DORT EINE BASIS ERRICHTEN ...
SADE 138 IST DER AM WEITESTEN ENTFERNTE PORTALPLANET, DER DURCH EINEN KOLLAPSAR-SPRUNG ERREICHT WURDE, MAJOR... DAS IST IM MOMENT UNSERE MAXIMALE REICHWEITE.
ER LIEGT IN DER GROSSEN MAGELLANWOLKE, ETWA 150 000 LICHTJAHRE VON STARGATE ENTFERNT ...
COMM
MANDELLA
COMMODORE ANTOPOL, KOMMANDANT DER MASARYK ...
WIR MÜSSEN FÜNF KOLLAPSAR-SPRÜNGE MACHEN, UM SADE 138 ZU ERREICHEN.
DIESE REISE WIRD SUBJEKTIV UNGEFÄHR VIER MONATE DAUERN, NACH DEM KALENDER DREIHUNDERTFÜNFZIG JAHRE ...
BEI DER RÜCKKEHR WERDE ICH ALSO SIEBENHUNDERT JAHRE ÄLTER SEIN ...
EIN UNWICHTIGER GEDANKE, DENN BEI MEINER RÜCKKEHR ERWARTETE MICH NICHTS.

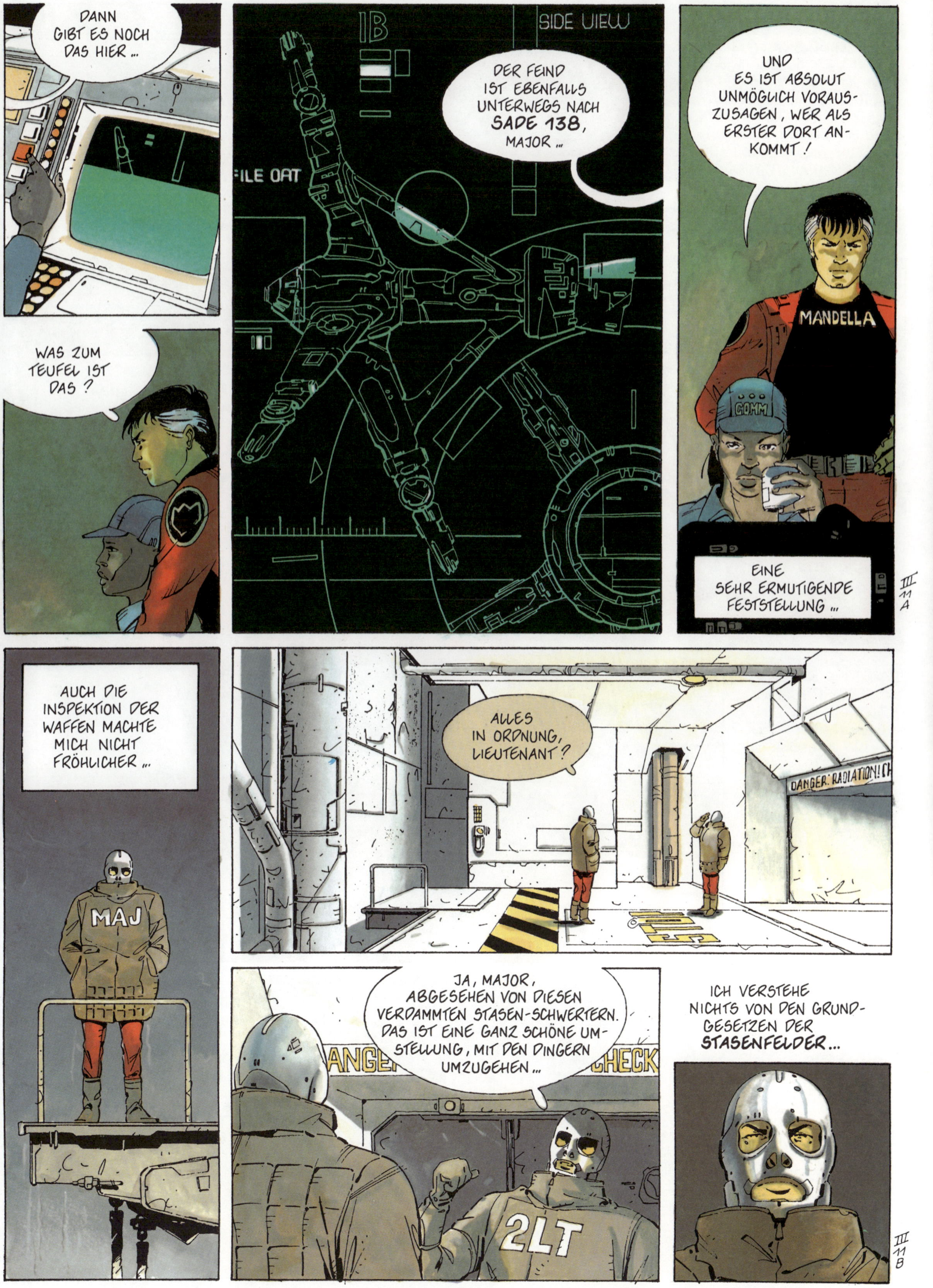

DANN GIBT ES NOCH DAS HIER ...
WAS ZUM TEUFEL IST DAS ?
IB
SIDE VIEW
FILE DAT
DER FEIND IST EBENFALLS UNTERWEGS NACH **SADE 138**, MAJOR ...
UND ES IST ABSOLUT UNMÖGLICH VORAUSZUSAGEN, WER ALS ERSTER DORT ANKOMMT !
MANDELLA
COMM
EINE SEHR ERMUTIGENDE FESTSTELLUNG ...
III 11 A
AUCH DIE INSPEKTION DER WAFFEN MACHTE MICH NICHT FRÖHLICHER ...
MAJ
ALLES IN ORDNUNG, LIEUTENANT ?
DANGER: RADIATION! CH
JA, MAJOR, ABGESEHEN VON DIESEN VERDAMMTEN STASEN-SCHWERTERN. DAS IST EINE GANZ SCHÖNE UMSTELLUNG, MIT DEN DINGERN UMZUGEHEN ...
2LT
ICH VERSTEHE NICHTS VON DEN GRUNDGESETZEN DER **STASENFELDER** ...
III 11 B

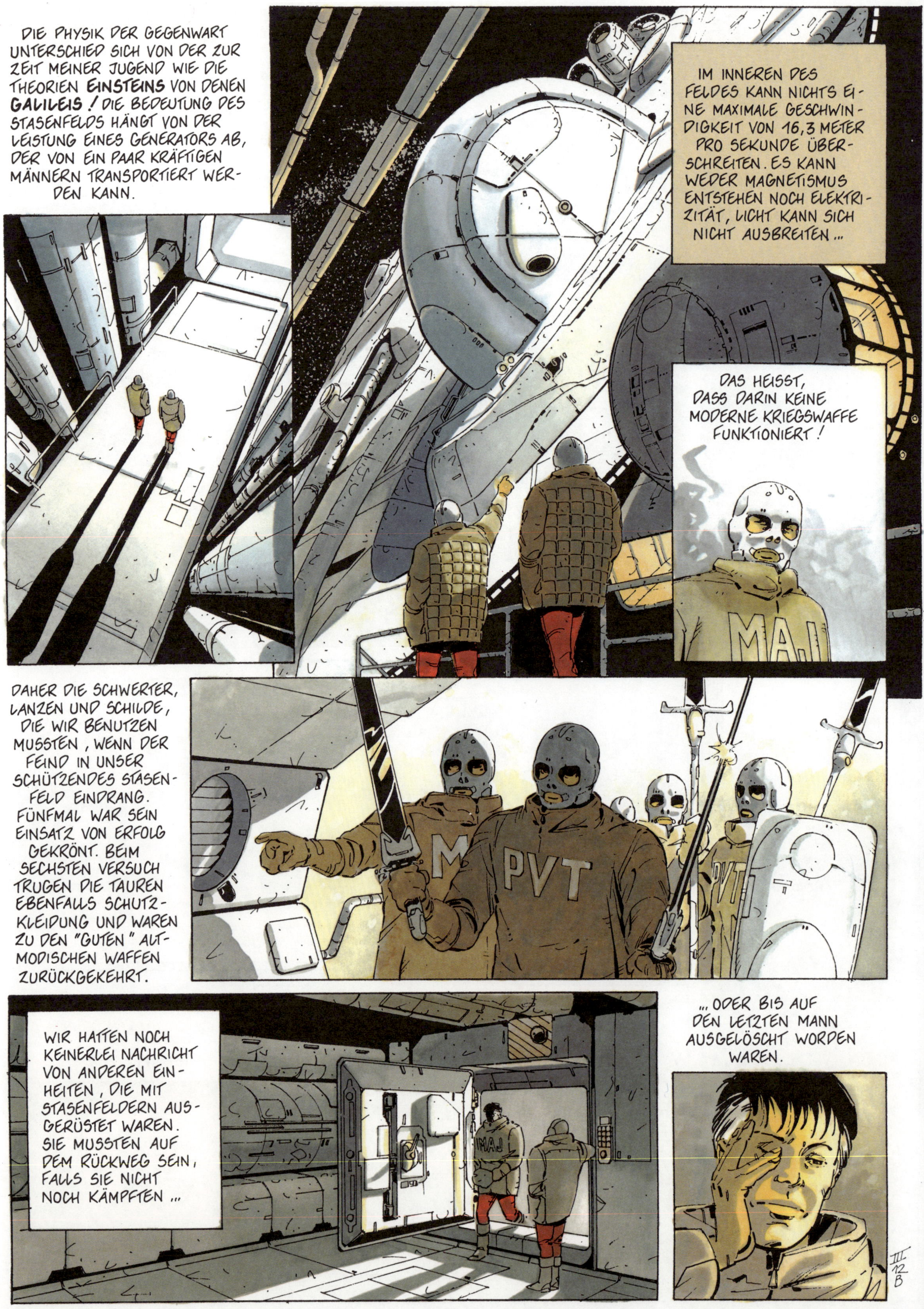
DIE PHYSIK DER GEGENWART UNTERSCHIED SICH VON DER ZUR ZEIT MEINER JUGEND WIE DIE THEORIEN EINSTEINS VON DENEN GALILEIS! DIE BEDEUTUNG DES STASENFELDS HÄNGT VON DER LEISTUNG EINES GENERATORS AB, DER VON EIN PAAR KRÄFTIGEN MÄNNERN TRANSPORTIERT WERDEN KANN.
IM INNEREN DES FELDES KANN NICHTS EINE MAXIMALE GESCHWINDIGKEIT VON 16,3 METER PRO SEKUNDE ÜBERSCHREITEN. ES KANN WEDER MAGNETISMUS ENTSTEHEN NOCH ELEKTRIZITÄT, LICHT KANN SICH NICHT AUSBREITEN...
DAS HEISST, DASS DARIN KEINE MODERNE KRIEGSWAFFE FUNKTIONIERT!
MAJ
DAHER DIE SCHWERTER, LANZEN UND SCHILDE, DIE WIR BENUTZEN MUSSTEN, WENN DER FEIND IN UNSER SCHÜTZENDES STASENFELD EINDRANG. FÜNFMAL WAR SEIN EINSATZ VON ERFOLG GEKRÖNT. BEIM SECHSTEN VERSUCH TRUGEN DIE TAUREN EBENFALLS SCHUTZKLEIDUNG UND WAREN ZU DEN "GUTEN" ALTMODISCHEN WAFFEN ZURÜCKGEKEHRT.
PVT
WIR HATTEN NOCH KEINERLEI NACHRICHT VON ANDEREN EINHEITEN, DIE MIT STASENFELDERN AUSGERÜSTET WAREN. SIE MUSSTEN AUF DEM RÜCKWEG SEIN, FALLS SIE NICHT NOCH KÄMPFTEN...
MAJ
... ODER BIS AUF DEN LETZTEN MANN AUSGELÖSCHT WORDEN WAREN.

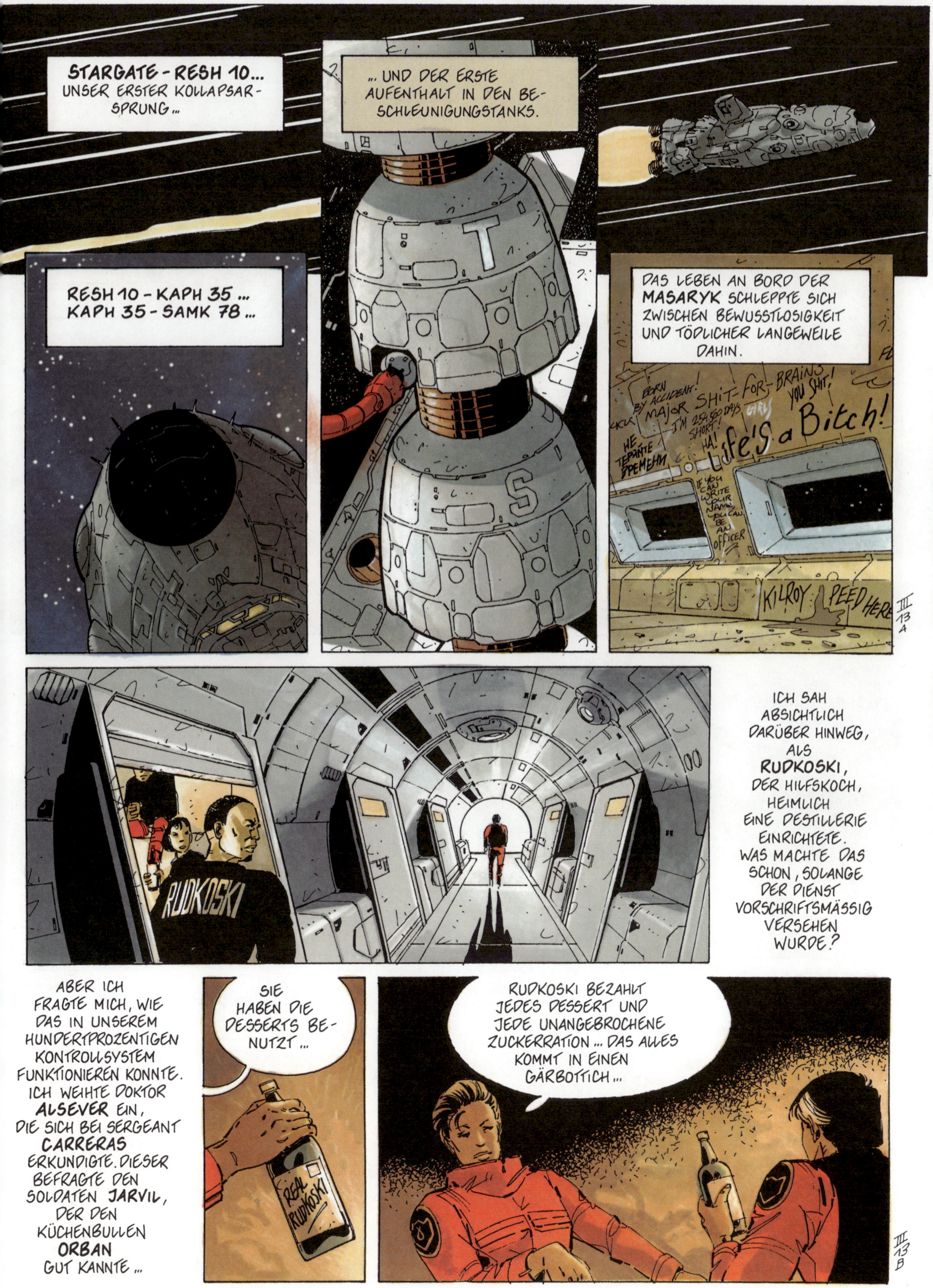

STARGATE - RESH 10... UNSER ERSTER KOLLAPSAR-SPRUNG...
... UND DER ERSTE AUFENTHALT IN DEN BESCHLEUNIGUNGSTANKS.
RESH 10 - KAPH 35 ... KAPH 35 - SAMK 78 ...
DAS LEBEN AN BORD DER MASARYK SCHLEPPTE SICH ZWISCHEN BEWUSSTLOSIGKEIT UND TÖDLICHER LANGEWEILE DAHIN.
BORN BY ACCIDENT!
MAJOR SHIT-FOR-BRAINS
YOU SHIT!
HA!
Life's a Bitch!
IF YOU CAN WRITE YOUR NAME YOU CAN BE AN OFFICER
KILROY PEED HERE
III 13 A
RUDKOSKI
ICH SAH ABSICHTLICH DARÜBER HINWEG, ALS RUDKOSKI, DER HILFSKOCH, HEIMLICH EINE DESTILLERIE EINRICHTETE. WAS MACHTE DAS SCHON, SOLANGE DER DIENST VORSCHRIFTSMÄSSIG VERSEHEN WURDE?
ABER ICH FRAGTE MICH, WIE DAS IN UNSEREM HUNDERTPROZENTIGEN KONTROLLSYSTEM FUNKTIONIEREN KONNTE. ICH WEIHTE DOKTOR ALSEVER EIN, DIE SICH BEI SERGEANT CARRERAS ERKUNDIGTE. DIESER BEFRAGTE DEN SOLDATEN JARVIL, DER DEN KÜCHENBULLEN ORBAN GUT KANNTE ...
SIE HABEN DIE DESSERTS BENUTZT ...
REAL RUDKOSKI
RUDKOSKI BEZAHLT JEDES DESSERT UND JEDE UNANGEBROCHENE ZUCKERRATION ... DAS ALLES KOMMT IN EINEN GÄRBOTTICH ...
III 13 B

ES WAR ALSEVER GELUNGEN, EINE FLASCHE **RUDKOSKI-BRAND** IN DIE HAND ZU BEKOMMEN. NACH DER HÄLFTE WAR SIE PRAKTISCH HINÜBER.
DU HAST EIN ... EIN ZIEMLICHES PROBLEM, MAJOR WILLIAM!
NICHT HALB SO SCHLIMM WIE DAS, DAS DU MORGEN HABEN WIRST, DOKTOR DIANA!
DAS GEHT VORBEI ...
ABER DEINS BLEIBT! WEISST DU, WIE SIE DICH NENNEN? **ALTER BOCK!**
DAS HATTE ICH ERWARTET. ABER NICHT SO SCHNELL.
WEIL ICH HETERO BIN? ABER DAS IST DOCH DAS NATÜRLICHE, DIANA!
WIE AUF BÄUME KLETTERN ODER SICH DEN SCHÄDEL EINRENNEN, MAJOR! MAN MUSS AUF DER HÖHE DER ZEIT SEIN ...
AUF DER HÖHE DER ZEIT! ... WIE UNSERE REKRUTEN AUS DEM REAGENZGLAS?
MANDELLA
DIE WAHL DES SEXUALPARTNERS VOLLZOG SICH FRÜHER AUF ABSOLUT UNLOGISCHE WEISE ...
UND DIE RASSENUNTERSCHIEDE ERZEUGTEN DESTRUKTIVE ZUSAMMENSTÖSSE ZWISCHEN DEN MENSCHEN ...
IST DAS EINE MEDIZINISCHE DIAGNOSE, DOKTOR?
ICH WEISS NICHT. ICH FÜRCHTE, SIE VERSTEHEN NICHT SO VIEL VON GENFORSCHUNG, WIE SIE GLAUBEN. ES IST KEINE EXAKTE WISSENSCHAFT. ERST IN EINIGEN JAHRHUNDERTEN WIRD MAN ERKENNEN, WELCHE DUMMHEITEN WIR JETZT BEGEHEN ...

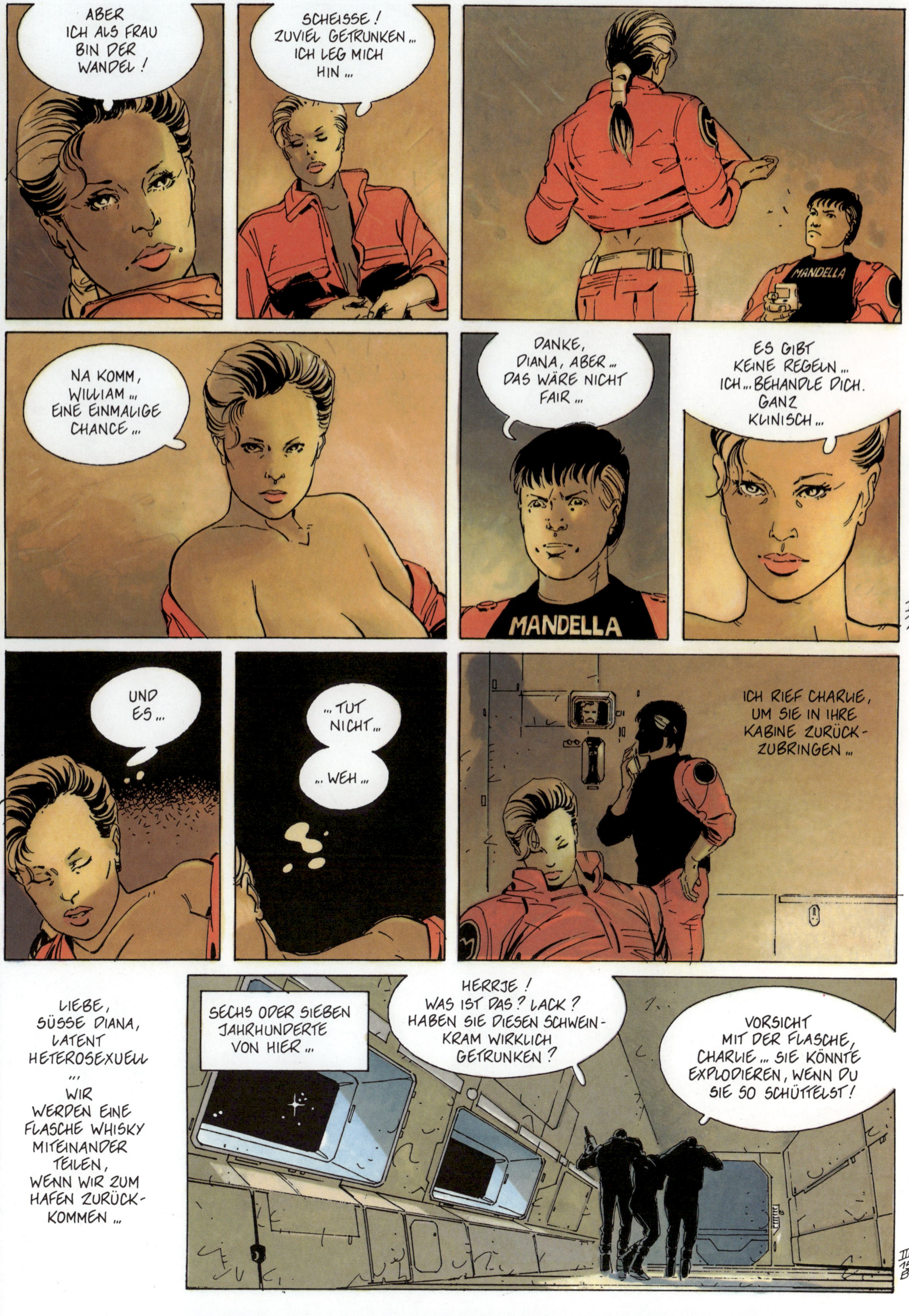
ABER ICH ALS FRAU BIN DER WANDEL !
SCHEISSE ! ZUVIEL GETRUNKEN ... ICH LEG MICH HIN ...
NA KOMM, WILLIAM ... EINE EINMALIGE CHANCE ...
DANKE, DIANA, ABER ... DAS WÄRE NICHT FAIR ...
ES GIBT KEINE REGELN ... ICH ... BEHANDLE DICH. GANZ KLINISCH ...
MANDELLA
III 15 A
UND ES ...
... TUT NICHT ...
... WEH ...
ICH RIEF CHARLIE, UM SIE IN IHRE KABINE ZURÜCKZUBRINGEN ...
LIEBE, SÜSSE DIANA, LATENT HETEROSEXUELL ... WIR WERDEN EINE FLASCHE WHISKY MITEINANDER TEILEN, WENN WIR ZUM HAFEN ZURÜCKKOMMEN ...
SECHS ODER SIEBEN JAHRHUNDERTE VON HIER ...
HERRJE ! WAS IST DAS ? LACK ? HABEN SIE DIESEN SCHWEINKRAM WIRKLICH GETRUNKEN ?
VORSICHT MIT DER FLASCHE, CHARLIE ... SIE KÖNNTE EXPLODIEREN, WENN DU SIE SO SCHÜTTELST !
III 15 B

SAMK 78 - AYIN 9... AYIN 9 - SADE 138... DIE LÄNGSTE KOLLAPSAR-STRECKE, DIE EINE VON MENSCHEN GEBAUTE MASCHINE JEMALS ZURÜCKGELEGT HAT...
MAJOR MANDELLA, WIR HABEN DIE RINGE VON SADE 138 ERREICHT ...
III 16 A
MANDELLA
WIR SIND BEREIT. VIEL GLÜCK.
VIEL GLÜCK, MAJOR.

LOURIA
III 17 A
EINE UNFRUCHTBARE WELT OHNE JEDE HOFFNUNG ...
ICH REAGIERTE NICHT ANDERS ALS BEIM ERSTEN MAL, ALS RUDKOSKI IN DER NEUEN BASIS WIEDER SEIN KLEINES GESCHÄFT AUFZOG ... ABER ÄRGER UND STRESS ZEIGTEN IHRE WIRKUNG AUF DIE MÄNNER ...
NACH FÜNF MONATEN RELATIV BEQUEMER ROUTINE STIFTETE DER SOLDAT **GRAUBARD** PLÖTZLICH UNRUHE ...
... UND WIE ...
MP
GRAUBARD
MP
III 17 B

GRAUBARD WOLLTE SEINEN FREUND ZUSAMMENSCHLAGEN, ALS ER VON TRENNUNG SPRACH ...
GRAUBARD
MP
MP
DANN STÜRZTE ER SICH AUF DIE WACHEN, DIE IHN FESTNAHMEN ...
DIE BESTE LÖSUNG WÄRE, IHN AUS DER BASIS ZU WERFEN, WILLIAM. OHNE RAUMANZUG NATÜRLICH.
FOX
4-53
WIR WAREN IM KRIEG. ICH HÄTTE DAS RECHT GEHABT, DEN UNRUHESTIFTER HINRICHTEN ZU LASSEN, ABER DAS SCHIEN MIR ÜBERTRIEBEN. ICH WOLLTE IHN STATT DESSEN AUF DIE MASARYK ABKOMMANDIEREN, DAMIT ER SICH BERUHIGTE ...
ICH BIN KEIN HARDLINER, CHARLIE ...
ICH HAB KEINE LUST, EIN ARMES SCHWEIN ZUM TOD ZU VERURTEILEN, DAS ...
GRAUBARD
WILLIAM! VORS...
MOORE
KREPIER, ALTER BOCK!

DIESER IRRE HATTE SICH IN DEN KOPF GESETZT, MICH UMZUBRINGEN ...
CONROY
"SIE KENNEN MINDESTENS TAUSEND ARTEN, JEMANDEN ZU TÖTEN ..."
"SIE SIND VIELLEICHT NICHT IN DER LAGE, EINEN MENSCHEN ZU TÖTEN, AUCH NICHT IN NOTWEHR", HATTE CHARLIE VOR EINER EWIGKEIT GESAGT ...
ALSEVER
WILLIAM !
STIRB!
IHM WAR OFFENBAR NICHT KLAR, DASS ICH NUR FÜNF JAHRE ÄLTER WAR ALS ER UND PERFEKT TRAINIERTE REFLEXE BESASS ...
KEINE BEWEGUNG, SOLDAT!
HILLEBOE
WHACK
III 19B

SIE HÄTTEN SOFORT SCHLUSS MACHEN SOLLEN ! VERLIEREN WIR NICHT NOCH MEHR ZEIT !
DE SOLA
KAHN
WAS ... ?
MANDELLA
WIR SOLLTEN DEM VORSCHLAG VON CAPTAIN MOORE FOLGEN !
SCHNELL!
LIEUTENANT HILLEBOE ...
BRINGEN SIE DIE SOLDATEN UND DEN GEFANGENEN HINAUS !
MANDELLA
ALSEVER
III 20 A
DU KÖNNTEST JEMANDEN BESTIMMEN, DER DAS FÜR DICH REGELT, WILLIAM.
ICH WÜRDE ALS FEIGLING GELTEN, WENN ICH MICH UM DIE VERANTWORTUNG DRÜCKTE.
...
WARUM NICHT DIE TRUPPE FRAGEN ? SOLL SIE DIE STRAFE BESTIMMEN !
III 20B

WARUM NICHT? DIE KÄMPFER DER POUM, DER MILIZ IM SPANISCHEN BÜRGERKRIEG, PRAKTIZIERTEN DIESE REGELUNG ZU BEGINN DES 20. JAHRHUNDERTS. EIN BEFEHL MUSSTE GENAU ERKLÄRT WERDEN, UND ALLE MUSSTEN ZUSTIMMEN ...
A
DIE MÄNNER KONNTEN IHN ABLEHNEN, WENN ER IHNEN NICHT GEFIEL. OFFIZIERE UND SOLDATEN BETRANKEN SICH GEMEINSAM ...
MANDELLA
FOX
III 21 A
ES WURDE NICHT GEGRÜSST, UND DIE RÄNGE BEDEUTETEN NICHTS ...
SIE HABEN DEN KRIEG VERLOREN!
MANDELLA
FOX
JAWOHL. ABER DIE FREIHEIT WAR EBENSOWENIG AUF SEITEN DER SIEGER ...
MAJOR!
HILLEBOE
MOORE
MAJOR, DIE SOLDATEN WOLLEN NICHT DISKUTIEREN. SIE RESPEKTIEREN NUR BEFEHLE!
TJA ... WIE SCHADE FÜR UNS, HILLEBOE!
EXIT
FOX
HILLEBOE
MANDELLA
III 21 B
FOX! HIER ALSEVER! BEREITEN SIE DEN OP VOR! SCHNELL!
DIANA! WER ...?
GRAUBARD ... ER WOLLTE SICH UMBRINGEN. HERZSTILLSTAND ...
AUS DEM WEG! AUS DEM WEG!
EXIT

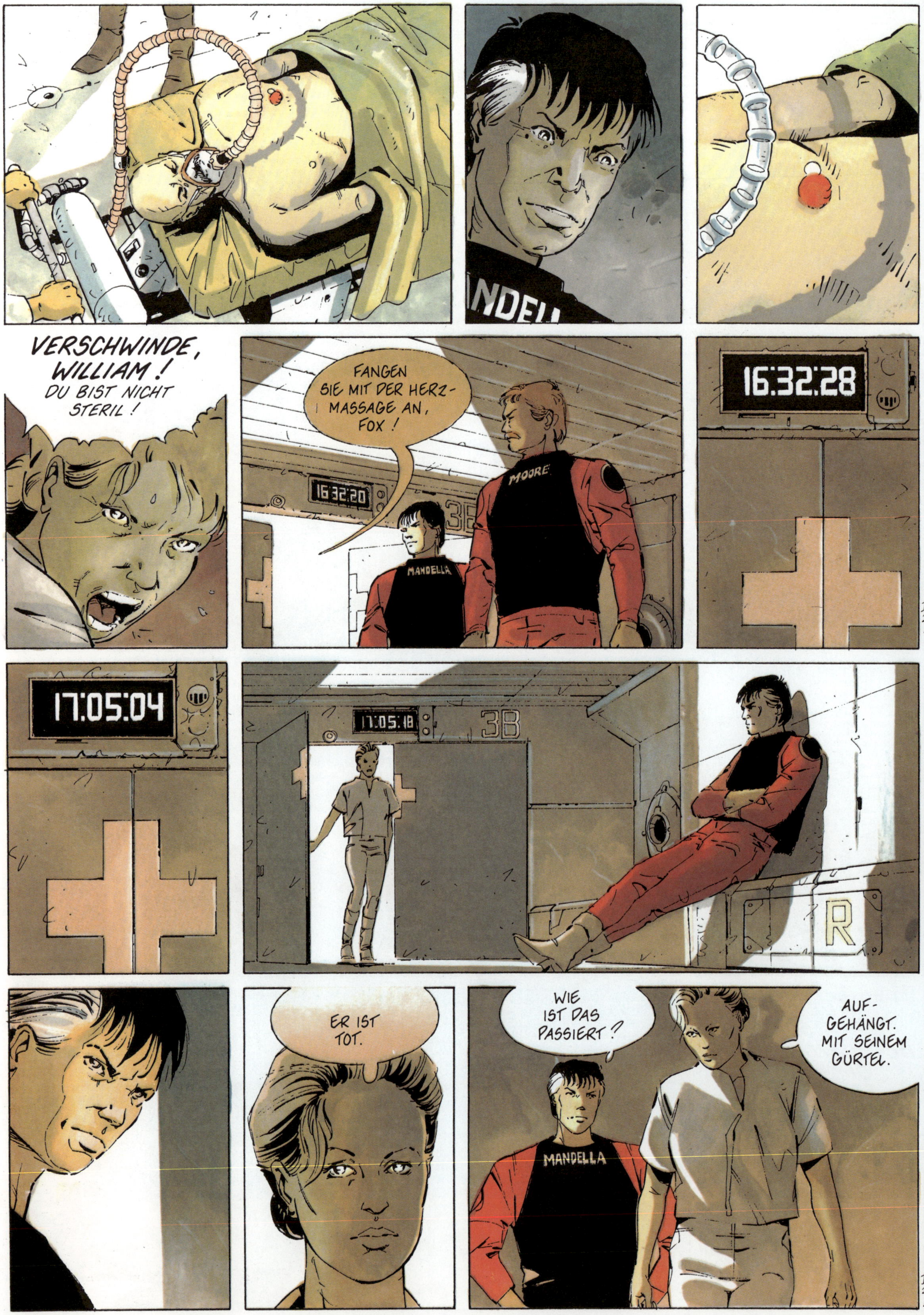
NDELL
VERSCHWINDE, WILLIAM! DU BIST NICHT STERIL!
FANGEN SIE MIT DER HERZ-MASSAGE AN, FOX!
16:32:20
MOORE
MANDELLA
16:32:28
17:05:04
17:05:18
3B
R
ER IST TOT.
WIE IST DAS PASSIERT?
AUF-GEHÄNGT. MIT SEINEM GÜRTEL.
MANDELLA

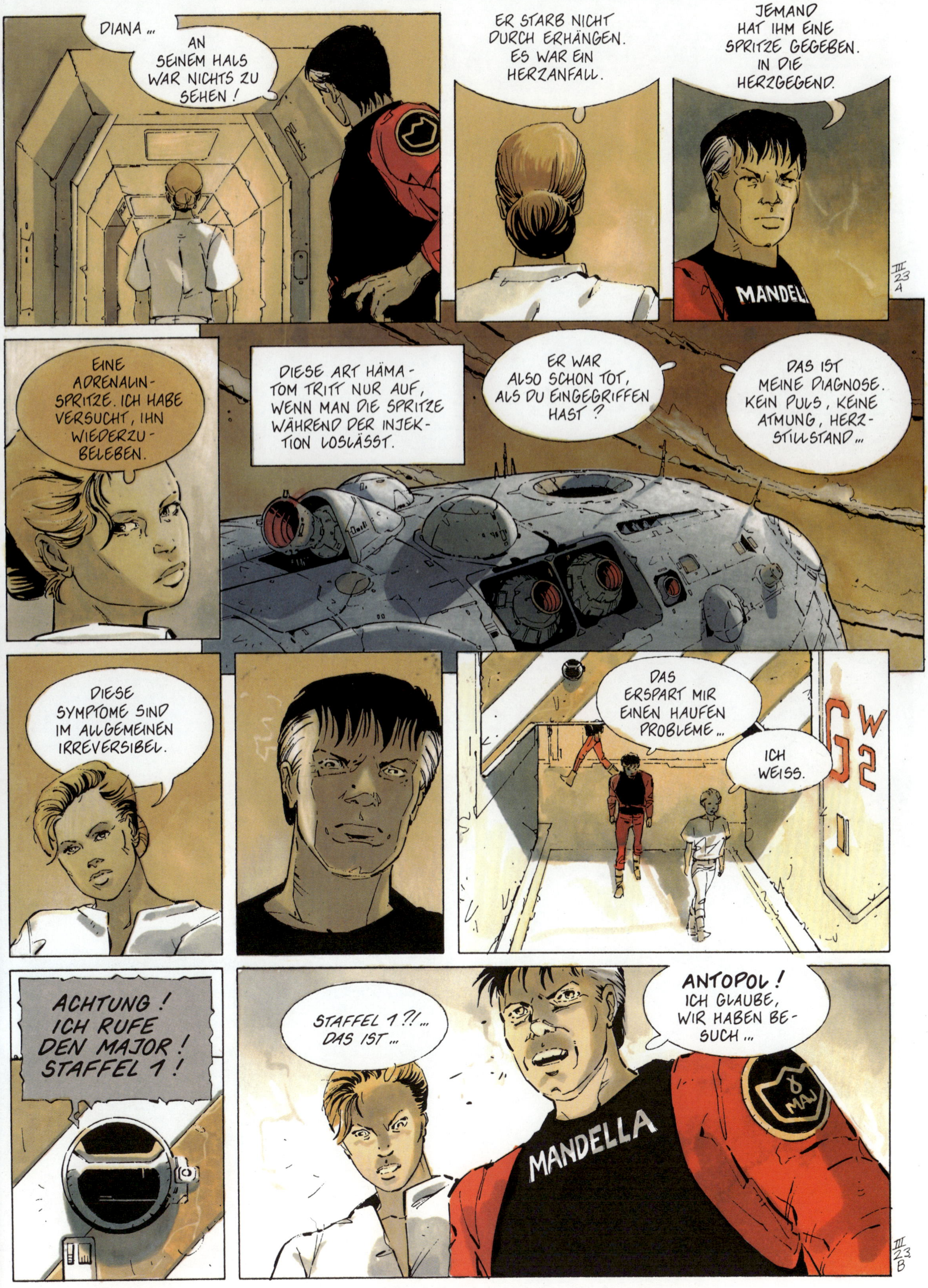
DIANA ...
AN SEINEM HALS WAR NICHTS ZU SEHEN!
ER STARB NICHT DURCH ERHÄNGEN. ES WAR EIN HERZANFALL.
JEMAND HAT IHM EINE SPRITZE GEGEBEN. IN DIE HERZGEGEND.
MANDELLA
III 23 A
EINE ADRENALIN-SPRITZE. ICH HABE VERSUCHT, IHN WIEDERZU-BELEBEN.
DIESE ART HÄMA-TOM TRITT NUR AUF, WENN MAN DIE SPRITZE WÄHREND DER INJEK-TION LOSLÄSST.
ER WAR ALSO SCHON TOT, ALS DU EINGEGRIFFEN HAST?
DAS IST MEINE DIAGNOSE. KEIN PULS, KEINE ATMUNG, HERZ-STILLSTAND...
DIESE SYMPTOME SIND IM ALLGEMEINEN IRREVERSIBEL.
DAS ERSPART MIR EINEN HAUFEN PROBLEME...
ICH WEISS.
GW 2
ACHTUNG! ICH RUFE DEN MAJOR! STAFFEL 1!
STAFFEL 1?!... DAS IST ...
ANTOPOL! ICH GLAUBE, WIR HABEN BE-SUCH...
MANDELLA
III 23 B

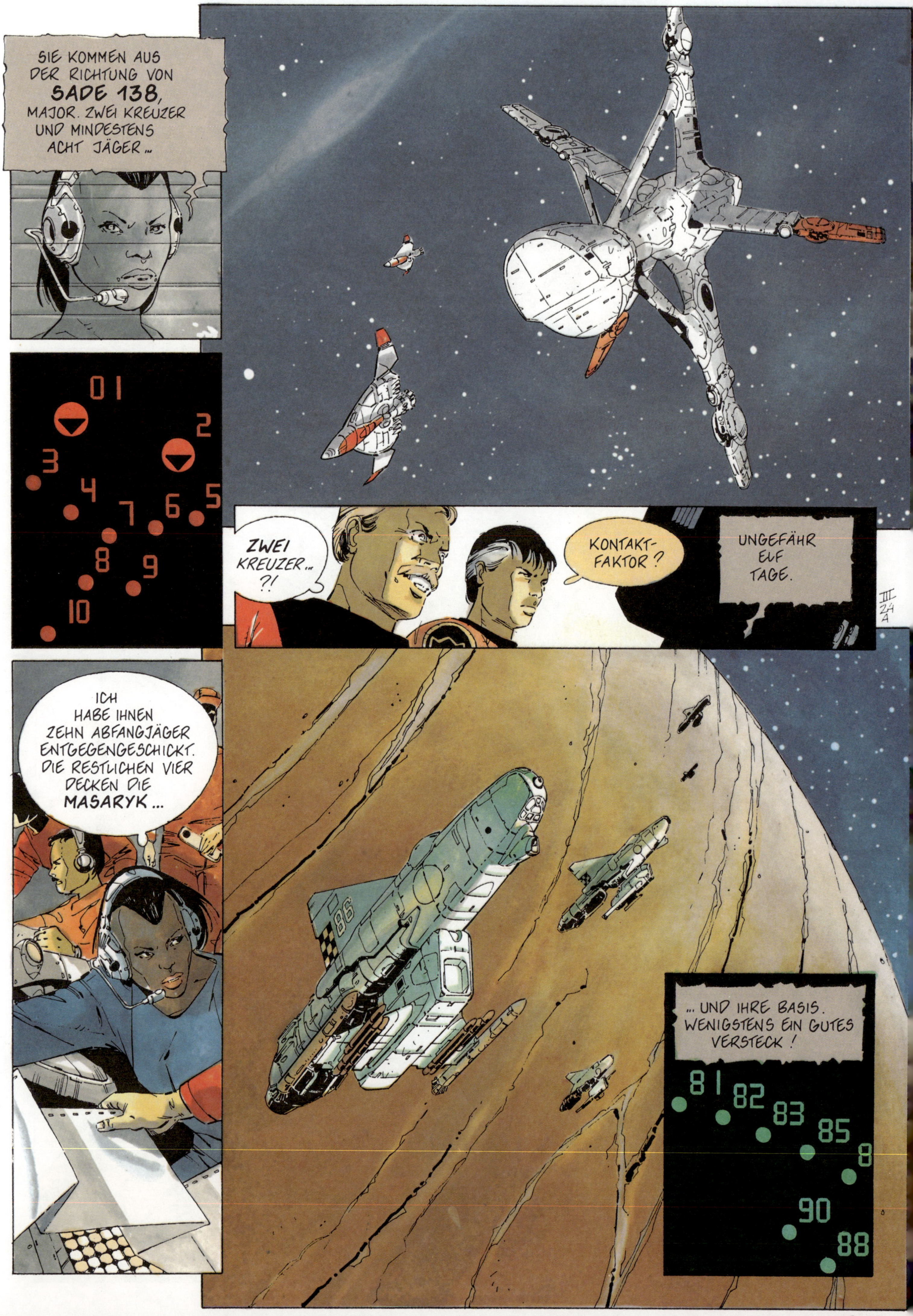
SIE KOMMEN AUS DER RICHTUNG VON **SADE 138**, MAJOR. ZWEI KREUZER UND MINDESTENS ACHT JÄGER ...
01 2 3 4 5 6 7 8 9 10
ZWEI KREUZER ... ?!
KONTAKT-FAKTOR ?
UNGEFÄHR ELF TAGE.
ICH HABE IHNEN ZEHN ABFANGJÄGER ENTGEGENGESCHICKT. DIE RESTLICHEN VIER DECKEN DIE **MASARYK** ...
... UND IHRE BASIS. WENIGSTENS EIN GUTES VERSTECK !
81 82 83 85 8 90 88

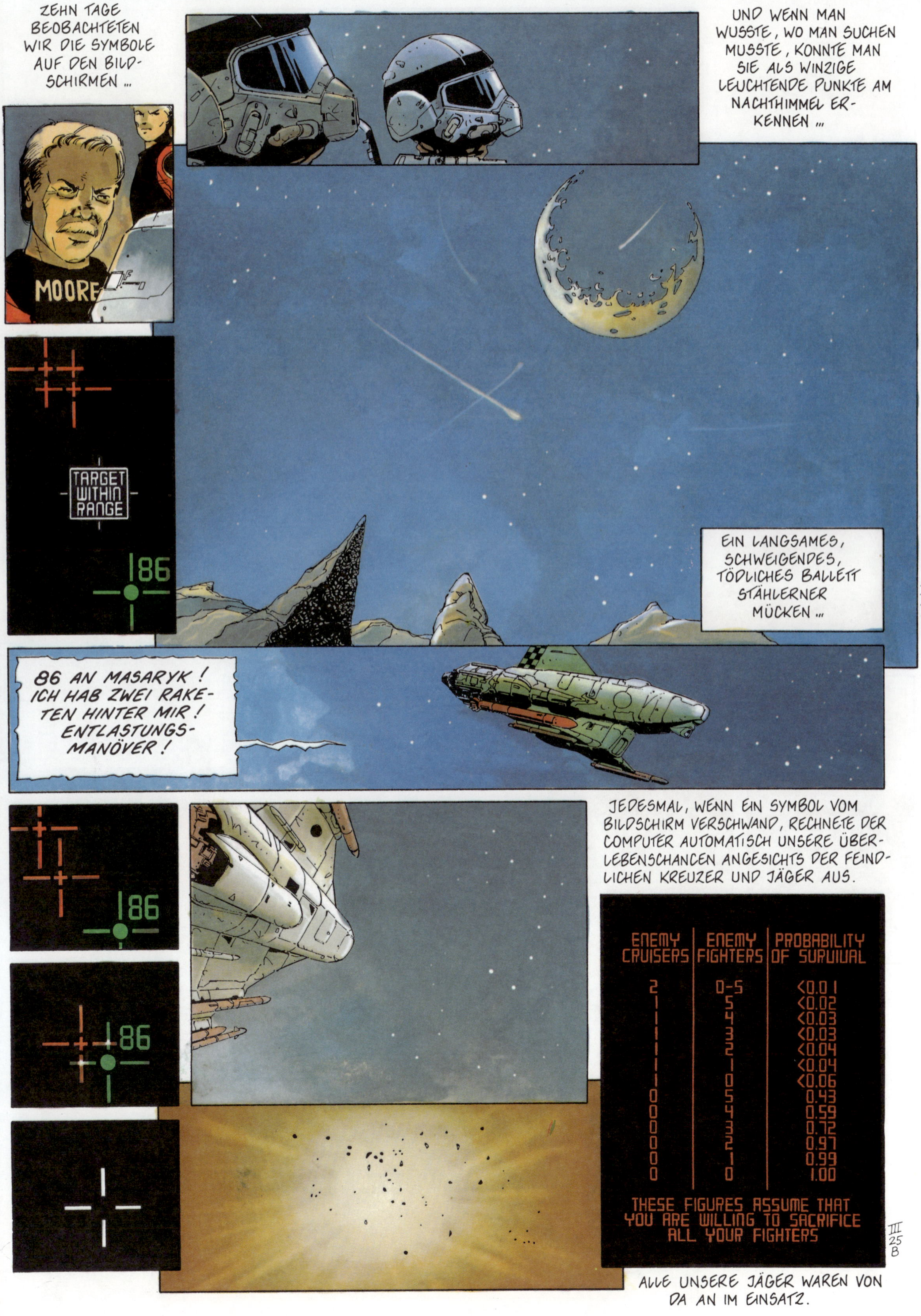
ZEHN TAGE BEOBACHTETEN WIR DIE SYMBOLE AUF DEN BILDSCHIRMEN ...
UND WENN MAN WUSSTE, WO MAN SUCHEN MUSSTE, KONNTE MAN SIE ALS WINZIGE LEUCHTENDE PUNKTE AM NACHTHIMMEL ERKENNEN ...
MOORE
TARGET WITHIN RANGE
186
EIN LANGSAMES, SCHWEIGENDES, TÖDLICHES BALLETT STÄHLERNER MÜCKEN ...
III 25 A
86 AN MASARYK! ICH HAB ZWEI RAKETEN HINTER MIR! ENTLASTUNGSMANÖVER!
186
186
JEDESMAL, WENN EIN SYMBOL VOM BILDSCHIRM VERSCHWAND, RECHNETE DER COMPUTER AUTOMATISCH UNSERE ÜBERLEBENSCHANCEN ANGESICHTS DER FEINDLICHEN KREUZER UND JÄGER AUS.
ENEMY CRUISERS | ENEMY FIGHTERS | PROBABILITY OF SURVIVAL
2 | 0-5 | <0.01
1 | 5 | <0.02
1 | 4 | <0.03
1 | 3 | <0.03
1 | 2 | <0.04
1 | 1 | <0.04
1 | 0 | <0.06
0 | 5 | 0.43
0 | 4 | 0.59
0 | 3 | 0.72
0 | 2 | 0.97
0 | 1 | 0.99
0 | 0 | 1.00
THESE FIGURES ASSUME THAT YOU ARE WILLING TO SACRIFICE ALL YOUR FIGHTERS
III 25 B
ALLE UNSERE JÄGER WAREN VON DA AN IM EINSATZ.

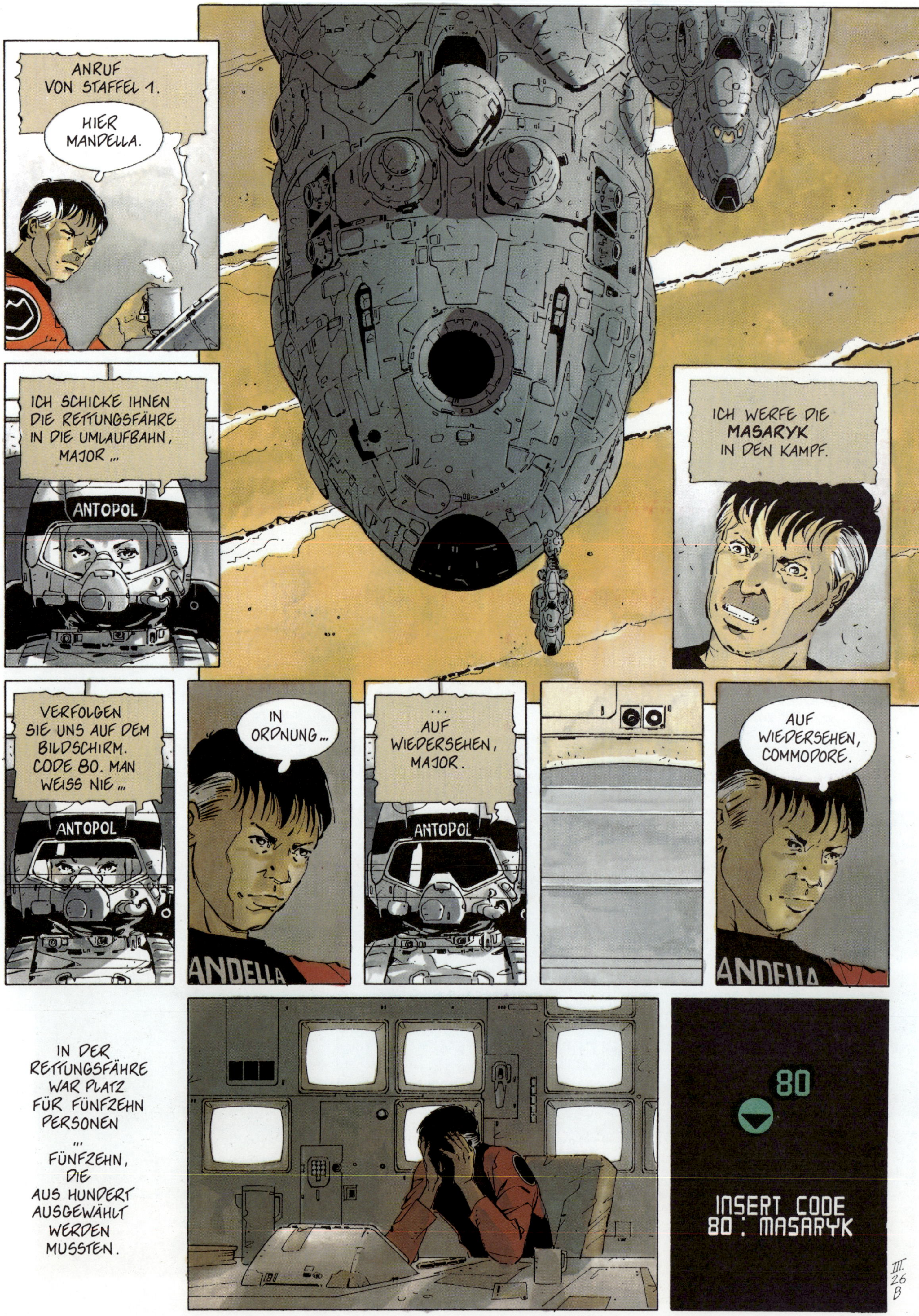
ANRUF VON STAFFEL 1.
HIER MANDELLA.
ICH SCHICKE IHNEN DIE RETTUNGSFÄHRE IN DIE UMLAUFBAHN, MAJOR ...
ANTOPOL
ICH WERFE DIE **MASARYK** IN DEN KAMPF.
VERFOLGEN SIE UNS AUF DEM BILDSCHIRM. CODE 80. MAN WEISS NIE ...
ANTOPOL
IN ORDNUNG ...
ANDELLA
... AUF WIEDERSEHEN, MAJOR.
ANTOPOL
AUF WIEDERSEHEN, COMMODORE.
ANDELLA
IN DER RETTUNGSFÄHRE WAR PLATZ FÜR FÜNFZEHN PERSONEN
... FÜNFZEHN, DIE AUS HUNDERT AUSGEWÄHLT WERDEN MUSSTEN.
80
INSERT CODE 80 : MASARYK
III. 26 B

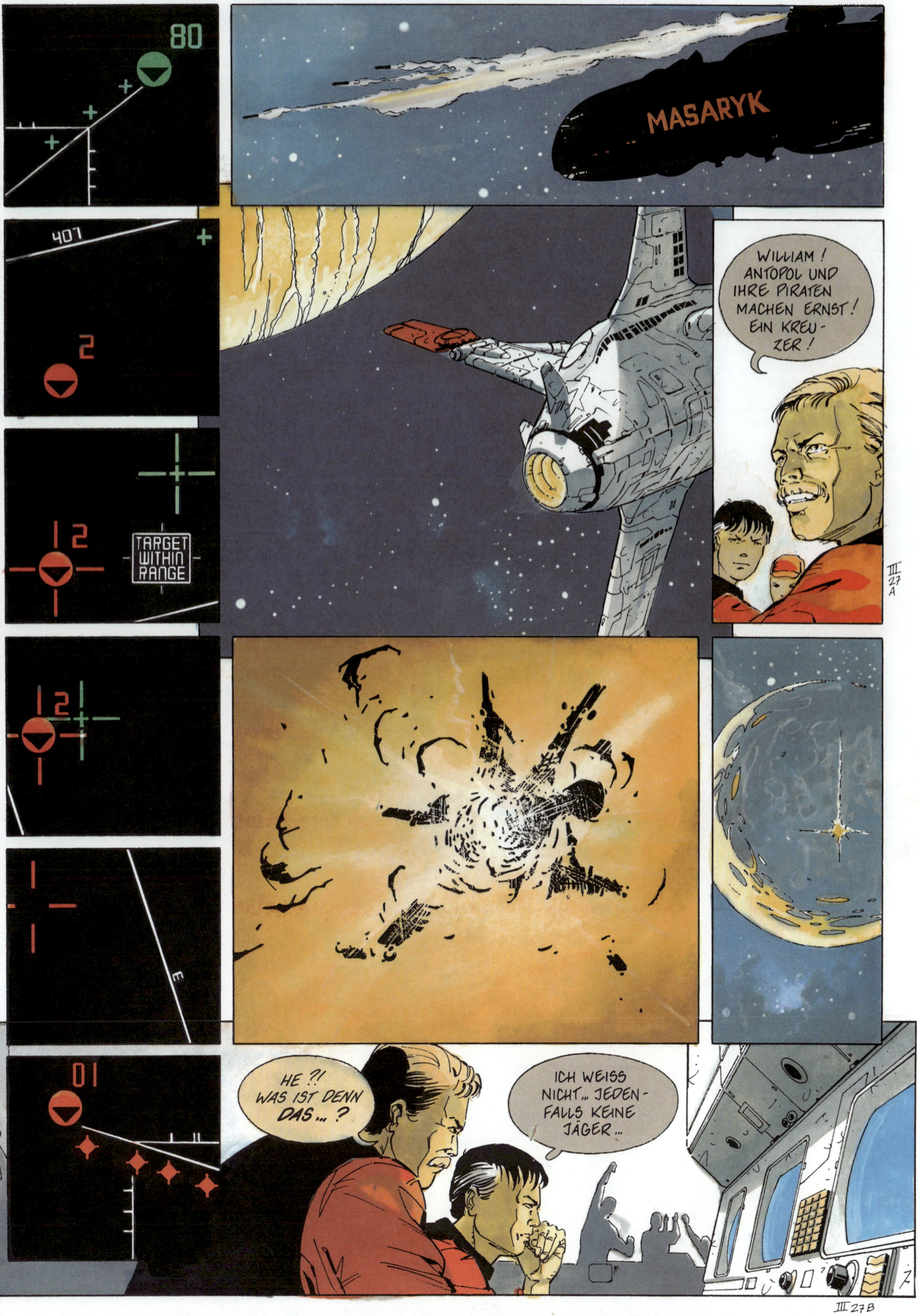
80
MASARYK
407
2
WILLIAM ! ANTOPOL UND IHRE PIRATEN MACHEN ERNST ! EIN KREU-ZER !
TARGET WITHIN RANGE
III 27 A
01
HE ?! WAS IST DENN DAS ... ?
ICH WEISS NICHT ... JEDEN-FALLS KEINE JÄGER ...
III 27 B

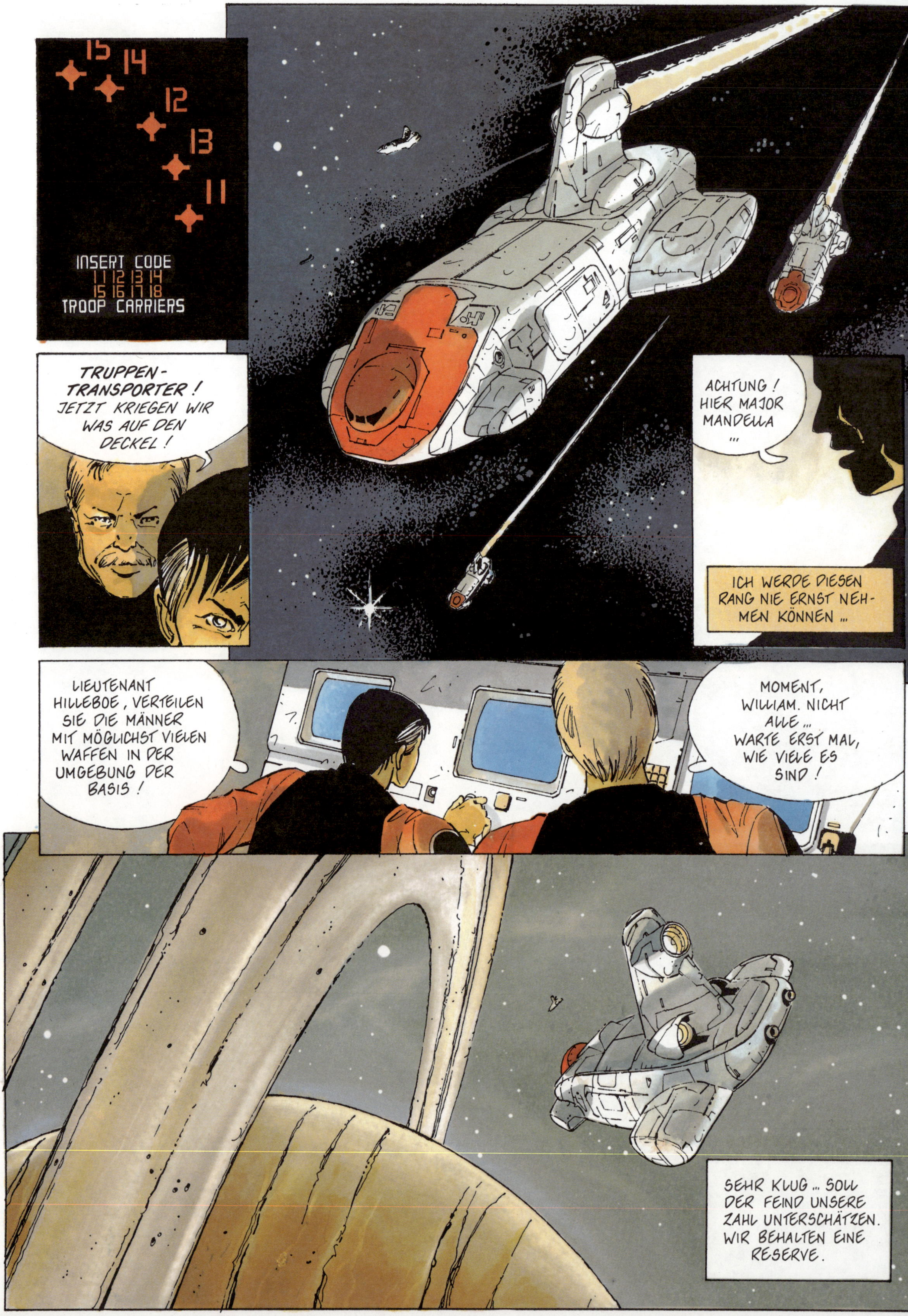
15 14
12
13
11
INSERT CODE
11 12 13 14
15 16 17 18
TROOP CARRIERS
TRUPPEN-TRANSPORTER! JETZT KRIEGEN WIR WAS AUF DEN DECKEL!
ACHTUNG! HIER MAJOR MANDELLA ...
ICH WERDE DIESEN RANG NIE ERNST NEHMEN KÖNNEN ...
LIEUTENANT HILLEBOE, VERTEILEN SIE DIE MÄNNER MIT MÖGLICHST VIELEN WAFFEN IN DER UMGEBUNG DER BASIS!
MOMENT, WILLIAM. NICHT ALLE ... WARTE ERST MAL, WIE VIELE ES SIND!
SEHR KLUG ... SOLL DER FEIND UNSERE ZAHL UNTERSCHÄTZEN. WIR BEHALTEN EINE RESERVE.

DIE KOMPANIEN A UND C NAHMEN IHRE POSITIONEN DRAUSSEN EIN. DIE KOMPANIE B UND DER KOMMANDOSTAB BLIEBEN ALARMBEREIT IM INNEREN DER BASIS.
WIR SETZEN UNSERE LUFTAUFKLÄRER GEGEN IHRE TRANSPORTER EIN, NUR EINER BLEIBT HIER IN DER ABWEHR... WENN ETWAS SCHIEFGEHT, IST ER UNSER EINZIGER TRUMPF.
III. 29 A
DIE TRANSPORTER DER TAUREN DRINGEN IN DIE ATMOSPHÄRE EIN!
MANDELLA AN AUFKLÄRER! KURS NORD-NORD-WEST.
BASIS AN AUFKLÄRER 1 UND 4... SICHTKONTAKT IN SECHS SEKUNDEN.
DA SIND SIE!
II. 29 B.

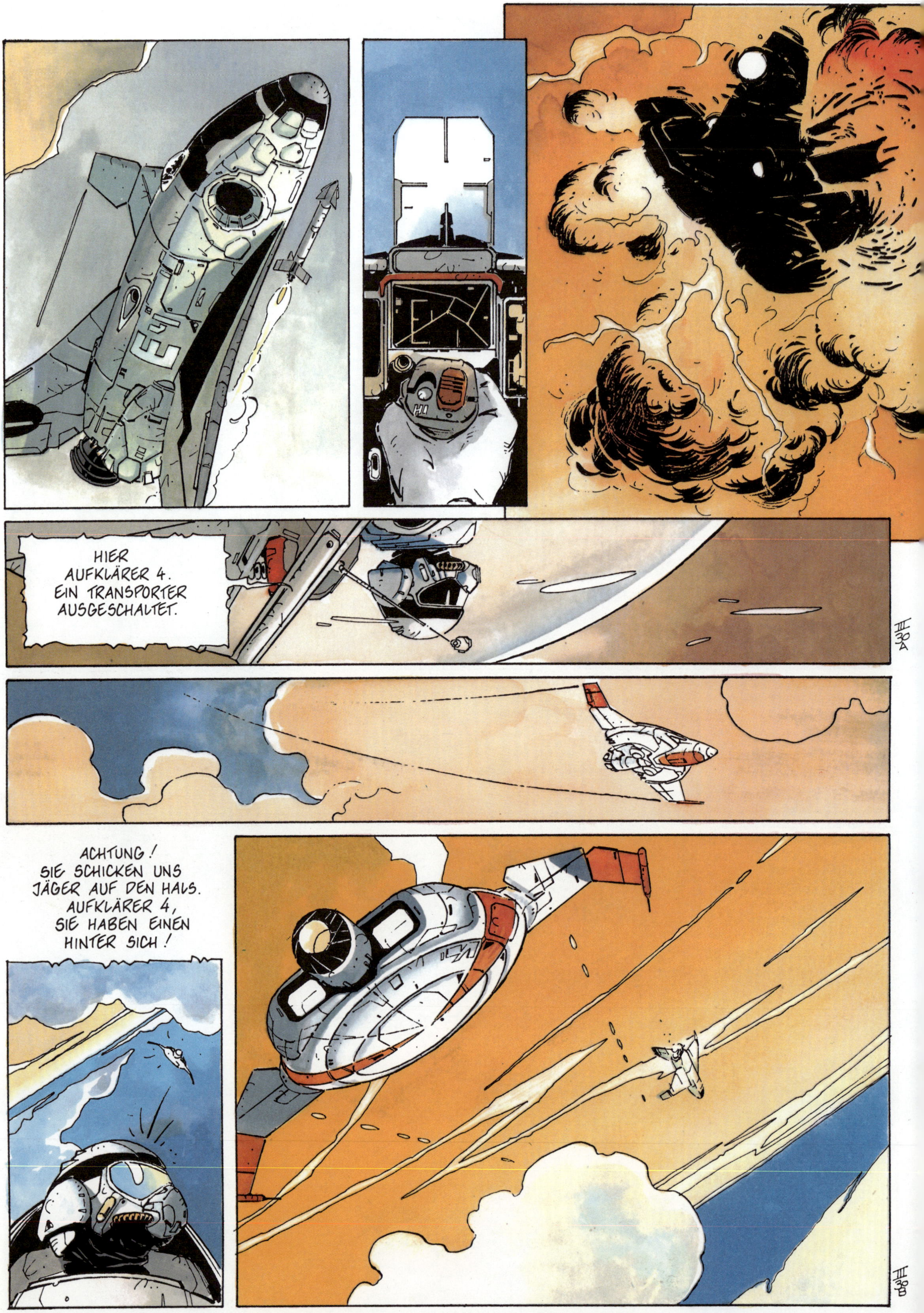
HIER AUFKLÄRER 4. EIN TRANSPORTER AUSGESCHALTET.
ACHTUNG! SIE SCHICKEN UNS JÄGER AUF DEN HALS. AUFKLÄRER 4, SIE HABEN EINEN HINTER SICH!

DIE TRANSPORTER DRINGEN IN UNSEREN VERTEIDIGUNGSRING EIN, MAJOR! SIE LANDEN!
HILLEBOE
SCHEISSE! SCHEISSE! SCHEISSE!
WILLIAM! SIE NEHMEN DIE MASARYK INS KREUZFEUER!
III 31 A
HALTET SIE AUF! SCHLAGT DIE BASTARDE ZURÜCK!
HILLEBOE
III 31 B

ANTOPOL NIMMT KURS AUF DEN KREUZER DER TAUREN !
VERDAMMT, WAS HAT SIE VOR ?
EIN KAMIKAZE-UNTERNEHMEN ! SIE WILL IHN NEUTRALISIE-REN ...
01
80
DAS GELINGT IHR NIE ! SIE HAT FÜNF RAKETEN AUF DEN FERSEN !
DIE **MASARYK** NÄHERT SICH DEM FEIND. WENN SIE NAHE GENUG EXPLO-DIERT, KANN DIE ELEKTROMAGNETISCHE SCHOCKWELLE DEN KREUZER MANÖVRIERUNFÄHIG MACHEN ...
ANTOPOLS PLAN GING TEILWEISE AUF... DIE FEINDLICHEN RAKETEN PULVERISIERTEN DIE **MASARYK** AN DER GRENZE DES KRAFTFELDES, DAS DEN KREU-ZER UMGAB ...
DAS MANÖVRIER-UNFÄHIGE UNGETÜM STÜRZTE AUF UNSEREN PLANETEN ZU.

ES ZERSCHELLTE MIT SEINER KOMPLETTEN LAST THERMONUKLEARER BOMBEN, ODER WAS IMMER UNSERE FEINDE DA AN BORD HATTEN. DIE EXPLOSION ENTWICKELTE ZWANZIGMAL MEHR ENERGIE ALS DAS GEWALTIGSTE BEBEN AUF DER ERDE.
UND DAS AUF EINEM PLANETEN, DESSEN VOLUMEN NUR ZWEI DRITTEL DES ERDVOLUMENS AUSMACHTE!
MAN BRAUCHTE NICHT VIEL AHNUNG VON PHYSIK ZU HABEN, UM SICH DIE FOLGEN AUSZURECHNEN ...
GROSSER GOTT!... BEFEHL AN ALLE: RÄUMT SOFORT DIE GEBÄUDE! SCHNELL! ES GIBT GLEICH EIN ERDBEBEN!
SIND WIR HIER WIRKLICH SICHER, WILLIAM?
HILLEBOE? WO BLEIBEN DIE KERLE VON DER KOMPANIE B? IN EIN PAAR MINUTEN FÄLLT IHNEN DIE BASIS AUF DEN KOPF!
UNSER MATERIAL WIDERSTEHT AUCH STARKEN ERDSTÖSSEN. SIE SIND BESSER GESCHÜTZT ALS WIR!
VERDAMMT, HILLEBOE, DAS WIRD SCHLIMMER ALS EIN BEBEN STÄRKE 9!
MANDELLA

WAS ... ?
LEBEN ODER TOD SIND MANCHMAL REINE GLÜCKS-SACHE !
DER STOSS PUL-VERISIERTE ALLES UM UNSER STASEN-FELD HERUM ...
... IN DAS ICH FIEL WIE IN EINEN SEE ...

NICHT SCHIESSEN! DAS IST EINER VON UNS!
ANDERE HATTEN SCHON EINE ZUFLUCHT GEFUNDEN ...
CHARLIE? DIANA?
WILLIAM?
ABER WIR SASSEN IMMER NOCH IN DER FALLE!
FOX! DE SOLA! KAYIBANDA! BAUT DIE NUKLEARE LADUNG AUS DEM AUFKLÄRER AUS UND BRINGT SIE AN DIE GRENZE DES STASENFELDES!
III 35 A
UND DANN, WILLIAM ...?
UNSERE LETZTE CHANCE, CHARLIE ... WIR AKTIVIEREN DIE BOMBE UND WERFEN SIE RAUS ... IN DER HOFFNUNG, DASS SIE DRAUSSEN EXPLODIERT!
DIE TAUREN!
DAS HATTE UNS GERADE NOCH GEFEHLT!
III 35 B

ICH DACHTE AN EINE PROPHEZEIUNG DES ALTEN EINSTEIN ...
"ICH WEISS NICHT, WELCHE WAFFEN MAN IM DRITTEN WELTKRIEG BENUTZEN WIRD, ABER IM VIERTEN WERDEN DIE ÜBERLEBENDEN ZURÜCKKEHREN ..."
"... BEWAFFNET MIT KEULEN!"

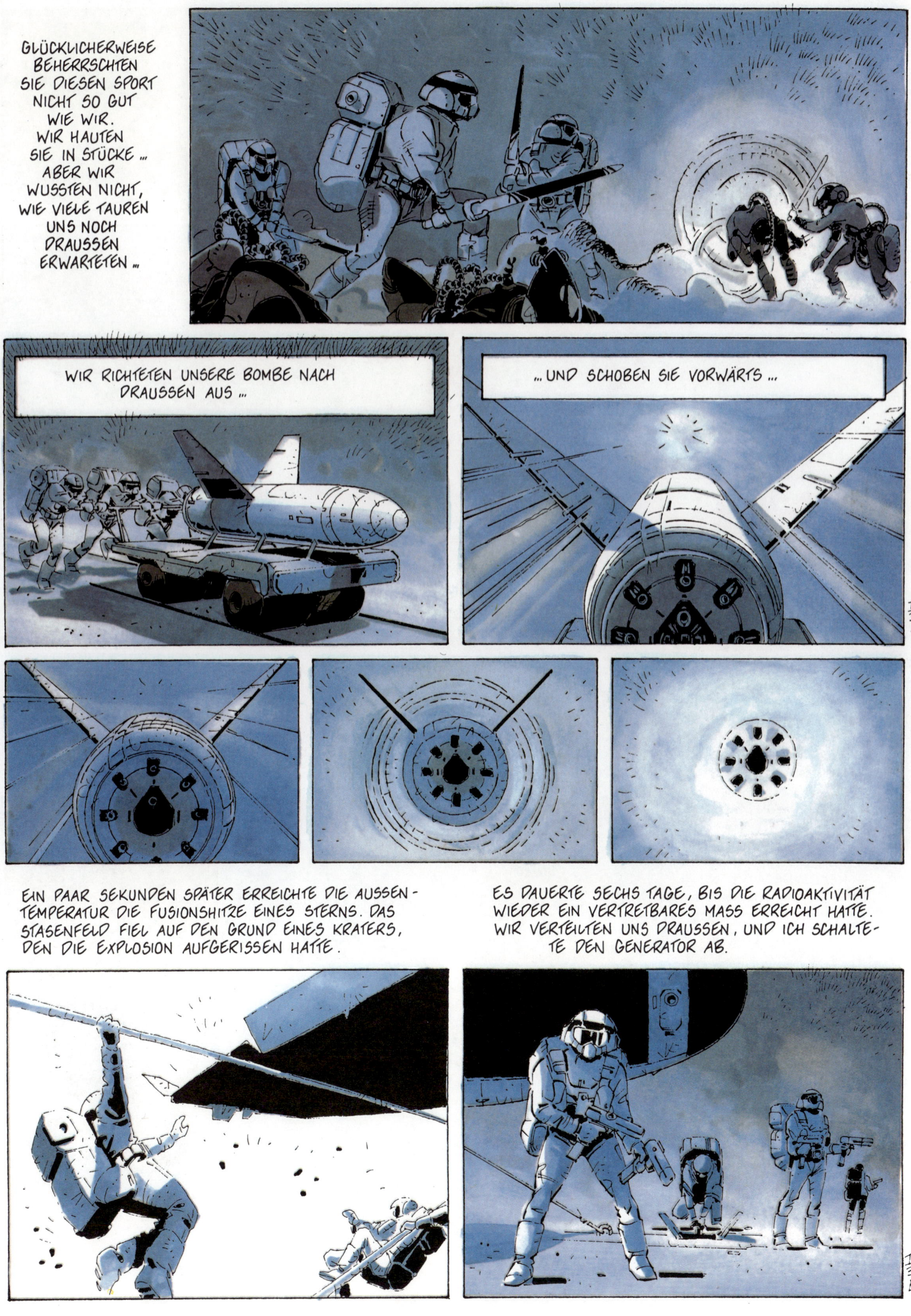
GLÜCKLICHERWEISE BEHERRSCHTEN SIE DIESEN SPORT NICHT SO GUT WIE WIR. WIR HAUTEN SIE IN STÜCKE ... ABER WIR WUSSTEN NICHT, WIE VIELE TAUREN UNS NOCH DRAUSSEN ERWARTETEN ...
WIR RICHTETEN UNSERE BOMBE NACH DRAUSSEN AUS ...
... UND SCHOBEN SIE VORWÄRTS ...
EIN PAAR SEKUNDEN SPÄTER ERREICHTE DIE AUSSEN-TEMPERATUR DIE FUSIONSHITZE EINES STERNS. DAS STASENFELD FIEL AUF DEN GRUND EINES KRATERS, DEN DIE EXPLOSION AUFGERISSEN HATTE.
ES DAUERTE SECHS TAGE, BIS DIE RADIOAKTIVITÄT WIEDER EIN VERTRETBARES MASS ERREICHT HATTE. WIR VERTEILTEN UNS DRAUSSEN, UND ICH SCHALTE-TE DEN GENERATOR AB.

MAN KONNTE SAGEN, DASS UNSERE AKTION WIRKUNGSVOLL WAR ...
WIR BEFANDEN UNS IM ZENTRUM EINER RIESIEGEN SENKE, UND WIR WAREN ALLEIN ...
WÄHREND DES STARTS SAGTE ICH MIR, DASS WIR MAL WIEDER UNSERE BASIS VERLOREN UND EINE GROSSE ZAHL VON LEBEWESEN VERNICHTET HATTEN, VON DENEN WIR SO GUT WIE NICHTS WUSSTEN ... DER AUFKLÄRER BRACHTE UNS ZUR RETTUNGSFÄHRE IN DER UMLAUFBAHN.
WIRKLICH EIN VERGNÜGEN, DEN RAUMANZUG AUSZUZIEHEN UND LUFT ZU ATMEN, DIE NICHT NACH VERBRAUCHTEM MANDELLA ROCH!

EINE GANZE FLOTTE UMKREISTE STARGATE, ALS WIR 350 JAHRE SPÄTER ZURÜCKKEHRTEN ...
III 39 A
DER KRIEG ENTWICKELTE SICH OFFENBAR GÜNSTIG. SOGAR EIN TAURISCHER KREUZER BEFAND SICH AUF DEM ASTROPORT. FRÜHER WAR ES UNS NIE GELUNGEN, EINEN UNBESCHÄDIGTEN ZU ERBEUTEN.
VIELLEICHT WAREN WIR ENDLICH AUF DEM RICHTIGEN WEG ?
WILLKOMMEN AUF STARGATE, MAJOR MANDELLA !
III 39 B

DARF ICH SIE BITTEN, UNS CORPORAL LAWRENCE KAHN VORZUSTELLEN?
... CORPORAL KAHN IST WÄHREND DER KÄMPFE AUF SADE 138 GEFALLEN ...
WIE SCHADE.
WER SIND SIE?
WIR SIND KLONE EINES MANNES, DER VOR 250 JAHREN DEN NAMEN KAHN TRUG.
WIR SIND BRÜDER.
WIR SIND MEHR ALS ZEHN MILLIARDEN WESEN MIT EINEM EINZIGEN GEMEINSAMEN BEWUSSTSEIN. LAWRENCE KAHN WAR EINER UNSERER VORFAHREN.
SIE FINDEN ALLES IN IHREN PERSÖNLICHEN UNTERLAGEN. SIE SIND JETZT FREI.
DER KRIEG IST VORBEI.

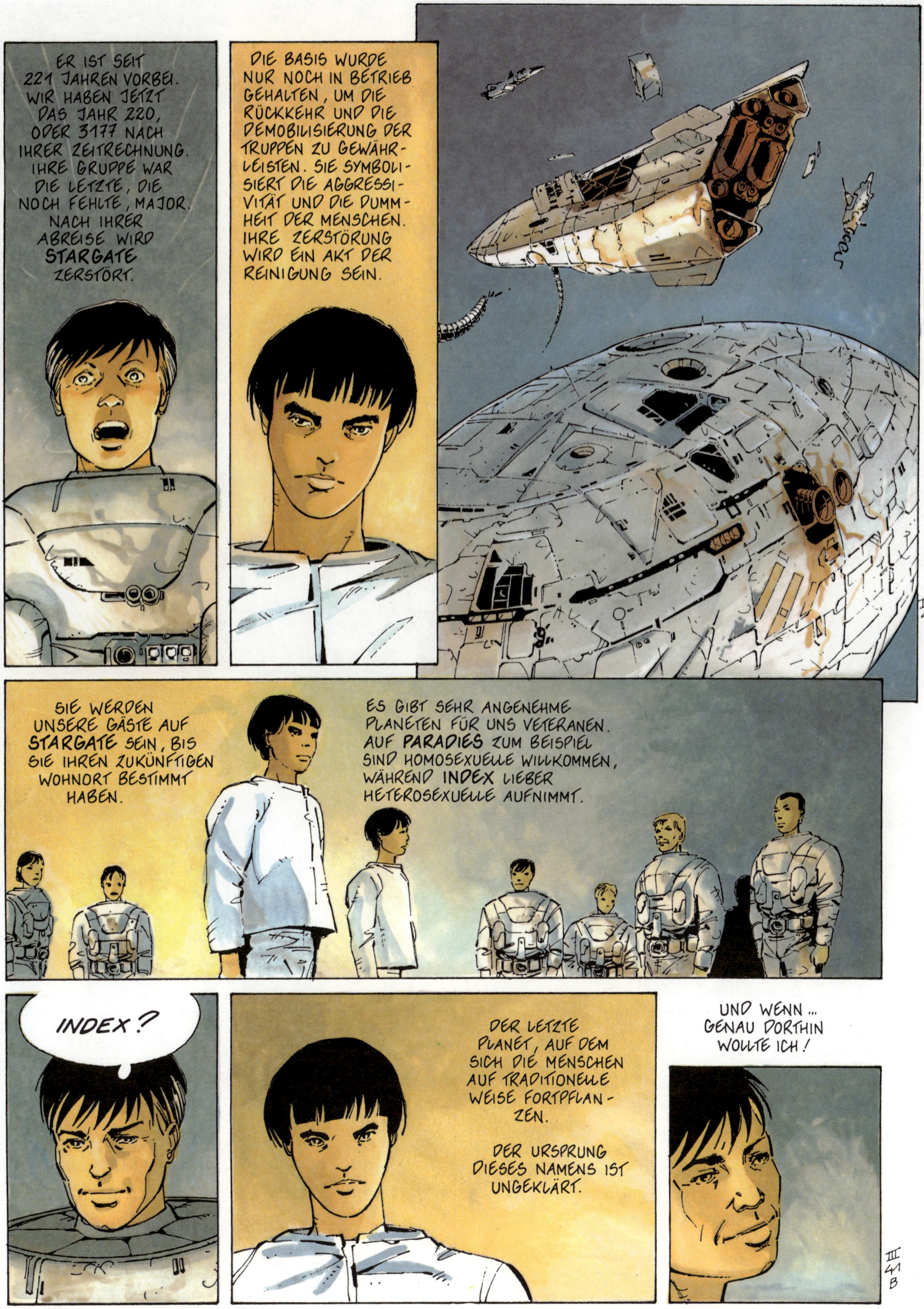
ER IST SEIT 221 JAHREN VORBEI. WIR HABEN JETZT DAS JAHR 220, ODER 3177 NACH IHRER ZEITRECHNUNG. IHRE GRUPPE WAR DIE LETZTE, DIE NOCH FEHLTE, MAJOR. NACH IHRER ABREISE WIRD STARGATE ZERSTÖRT.
DIE BASIS WURDE NUR NOCH IN BETRIEB GEHALTEN, UM DIE RÜCKKEHR UND DIE DEMOBILISIERUNG DER TRUPPEN ZU GEWÄHRLEISTEN. SIE SYMBOLISIERT DIE AGGRESSIVITÄT UND DIE DUMMHEIT DER MENSCHEN. IHRE ZERSTÖRUNG WIRD EIN AKT DER REINIGUNG SEIN.
III 41 A
SIE WERDEN UNSERE GÄSTE AUF STARGATE SEIN, BIS SIE IHREN ZUKÜNFTIGEN WOHNORT BESTIMMT HABEN.
ES GIBT SEHR ANGENEHME PLANETEN FÜR UNS VETERANEN. AUF PARADIES ZUM BEISPIEL SIND HOMOSEXUELLE WILLKOMMEN, WÄHREND INDEX LIEBER HETEROSEXUELLE AUFNIMMT.
INDEX?
DER LETZTE PLANET, AUF DEM SICH DIE MENSCHEN AUF TRADITIONELLE WEISE FORTPFLANZEN.
DER URSPRUNG DIESES NAMENS IST UNGEKLÄRT.
UND WENN ... GENAU DORTHIN WOLLTE ICH!
III 41 B

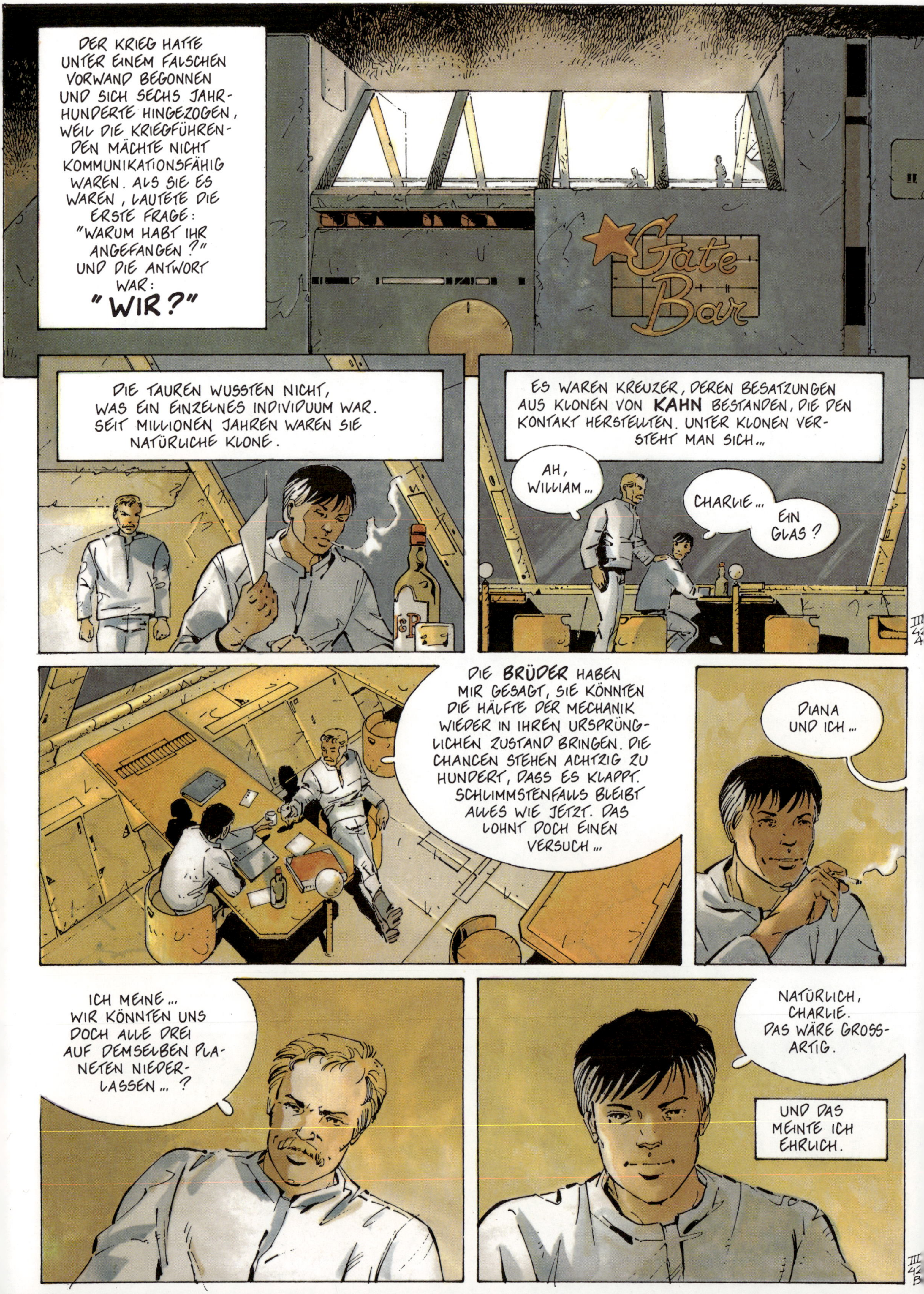
DER KRIEG HATTE UNTER EINEM FALSCHEN VORWAND BEGONNEN UND SICH SECHS JAHRHUNDERTE HINGEZOGEN, WEIL DIE KRIEGFÜHRENDEN MÄCHTE NICHT KOMMUNIKATIONSFÄHIG WAREN. ALS SIE ES WAREN, LAUTETE DIE ERSTE FRAGE: "WARUM HABT IHR ANGEFANGEN?" UND DIE ANTWORT WAR: "WIR?"
Gate Bar
DIE TAUREN WUSSTEN NICHT, WAS EIN EINZELNES INDIVIDUUM WAR. SEIT MILLIONEN JAHREN WAREN SIE NATÜRLICHE KLONE.
ES WAREN KREUZER, DEREN BESATZUNGEN AUS KLONEN VON KAHN BESTANDEN, DIE DEN KONTAKT HERSTELLTEN. UNTER KLONEN VERSTEHT MAN SICH...
AH, WILLIAM...
CHARLIE...
EIN GLAS?
DIE BRÜDER HABEN MIR GESAGT, SIE KÖNNTEN DIE HÄLFTE DER MECHANIK WIEDER IN IHREN URSPRÜNGLICHEN ZUSTAND BRINGEN. DIE CHANCEN STEHEN ACHTZIG ZU HUNDERT, DASS ES KLAPPT. SCHLIMMSTENFALLS BLEIBT ALLES WIE JETZT. DAS LOHNT DOCH EINEN VERSUCH...
DIANA UND ICH...
ICH MEINE... WIR KÖNNTEN UNS DOCH ALLE DREI AUF DEMSELBEN PLANETEN NIEDERLASSEN...?
NATÜRLICH, CHARLIE. DAS WÄRE GROSSARTIG.
UND DAS MEINTE ICH EHRLICH.

MEIN DOSSIER WAR WESENTLICH UMFANGREICHER ALS DIE DER ANDEREN ...
Gate Bar
ICH KAM VON VIEL WEITER HER ...
UND DIE ERINNERUNG AN MARYGAY SPUKTE DURCH MEINE VERGANGENHEIT.
EIN VERGILBTES BLATT WAR AN DIE ERSTE SEITE DES DOSSIERS GEHEFTET. ICH KONNTE ES NICHT ÜBERSEHEN ...
DIESER BRIEF WAR VOR 280 JAHREN GESCHRIEBEN WORDEN ... ICH ERKANNTE DIE SCHRIFT, AUCH NACH SO LANGER ZEIT ...
Stargate, 29. Juni 2889
William,
III 43 A
alles ist in Deinem Dossier. Aber ich kenne Dich. Du bringst es fertig, es ungeöffnet wegzuwerfen. Ich versuche es trotzdem. Ich hoffe, Du liest wenigstens diesen Brief. Du siehst: Ich habe überlebt. Vielleicht hast Du auch Glück gehabt. Komm zu mir.
Ich breche zu einem Planeten namens "Index" auf, dem fünften im System von Mizar. Fünf von uns Veteranen haben zusammen einen alten Kreuzer der F.A.V.N. gekauft, der uns als Zeitmaschine dient. Wir stoßen bis auf fünf Lichtjahre nach Index vor und kommen dann zurück.
III 43 B

Alle zehn Jahre werde ich einen Monat älter. Wenn Du ohne Probleme von Sade 138 zurückkommst, müßte ich sechsunddreißig Jahre alt sein.
Beeil Dich!
Mir ist es gleich, ob Du sechsunddreißig bist oder einundneunzig.
Wenn ich nicht Deine Frau sein kann, werde ich Deine Krankenschwester.
Marygay.

THE NEW VOICE 7
TRADITIONELLE GEBURT BEI UNSEREN VETERANEN
Marygay Potter-Mandella (Clear Sun Street, Paxton) gebar am 25. August 3183 einen prachtvollen, 3100 Gramm schweren Sohn, der noch keinen Namen hat.
Marygay versichert, daß sie als zweite den Titel »Älteste Einwohnerin von Index« tragen darf; sie wurde 1990 geboren und hat mehr als zwei Drittel des »Ewigen Krieges« aktiv mitgemacht. Dann wartete sie 286 Jahre lang in einem Zeit-Raum-Schiff auf ihren Mann.
Das Baby kam zu Hause zur Welt. Geburtshelferin war eine Freundin der Familie, Dr. Diana Alsever-Moore.
MARCHAND / Joe W. Haldeman
SUMMER '89
COLOUR: BRUNO MARCHAND

Carlsen Comics

ACTION UND ABENTEUER

Andy Morgan ist ein Abenteurer, knallhart wie Dynamit. Ständig hat er dramatische Gefahrensituationen zu meistern.

Von Greg, Hermann, Dany und Aidans

Da der Pilot **Buck Danny** für seine Tollkühnheit bekannt ist, besteht kein Mangel an brisanten Spezialaufträgen.

Von Charlier, Hubinon und Bergèse

In aller Herren Länder werden **Blake und Mortimer** in unheimliche Geschehnisse verwickelt. Der große Klassiker der belgischen Abenteuer-Comics!

Von Jacobs und de Moor

»XIII«, der Mann ohne Namen und ohne Gedächtnis, wird von seinen Feinden gejagt. Einer der spannendsten Politthriller, die je geschrieben wurden.

Von Vance und van Hamme

Bei den Wikingern wuchs **Thorgal** zu einem erfahrenen und gefürchteten Krieger heran. Diese Reihe schildert seine Abenteuer im Reich der Phantasie und Magie.

Von van Hamme und Rosinski

Immer wieder wird **Rick Master**, ein junger Journalist, in knifflige Kriminalfälle verwickelt.

Von Duchâteau und Tibet